뚝배기, 이 좋은 걸 이제 알았다니

뚝배기,

이 좋은 걸

이제 알았다니

서주희 지음

차례

프롤로그 **변명 혹은 부탁**   007

혼자 먹는 밥   011
뚝배기니까 장맛   019
겉절이의 비애   026
괜찮다는 개똥철학   034

나에게 딱 맞는 뚝배기 고르기   042

불 조절의 기술과 타이밍의 예술   046
취향과 소비와 수집   053
뚝배기를 기억할 것   059

나만 맛있을지도 모르는 뚝배기 레시피 1   065

달걀찜 고수의 위엄   074
가락국수의 정석   080
먹는 이의 최선   088
인도에서 맛본 뗌뚝   093

나만 맛있을지도 모르는 뚝배기 레시피 2   101

뚝배기 요정의 꿈   107

변하는 것, 변하지 않는 것   115

뚝배기 풋고추와 농활의 기억   121

천국의 육개장   129

나만 맛있을지도 모르는 뚝배기 레시피3   135

원적외선과 맛의 상관관계   143

국물이 국룰   150

뚝배기의 최후   158

기꺼이, 라는 말   166

뚝배기 관리법   174

참고문헌 및 사이트   179

변명 혹은 부탁

맛깔나는 글을 쓰고 싶었다. 코끝이 뻐근해지도록 추운 날 뜨끈하고 얼큰한 국물을 마실 때처럼 감탄이 절로 나오는, 허겁지겁 먹으면서도 점점 바닥이 드러나는 게 아쉬워 나도 모르게 천천히 손을 놀리게 되는 그런 글.

다 쓰고 보니 간도 제대로 못 맞추면서 온갖 맛을 내려고 했구나 싶다. 요리도 그렇지만 글 역시 갖은 양념을 넣는다고 해서 맛있어지는 것은 아닌데 어느 분야나 고수의 길은 멀기만 하다.

나는 윤문으로 밥벌이를 한다. 윤문은 글을 윤색하는 것이다. 윤색에는 두 가지 뜻이 있다. 하나는 "윤이 나도록 매만져 곱게 하는 것"이고 다른 하나는 "사실을 과장하거나 미화함을 비유적으로 이르는 말"이다. 정확하고 적확한 정의다. 정리가 덜된 원고를 다듬어서 예쁘게 포장하는 일이 내 업이기 때문이다.

남의 글을 고칠 때는 한숨을 쉬었는데 나의 글을 고칠 때는 머리카락을 뜯어야 했다. 중이 제 머리 못 깎고 무당은 자기 점사를 못 본다더니 딱 그 꼴이다.

책을 제안받았을 때 앞뒤 생각 안 하고 잽싸게 오케이를 외친 나의 경솔함을 후회한 적도 있다. 뚝배기를 소재로 글을 쓰기가 쉽지는 않았다. 자주 쓰고 많이 아낀다는 것 말고는 말할 수 있는 것이 별로 없었으나 뚝배기를 사용하며 생각한 것들, 뚝배기를 보면 떠오르는 일들, 뚝배기와 상관이 있거나 혹은 없는 이야기들을 모아 보니 얼추 책 한 권이 되었다.

가슴을 쓸어내리던 중에 하필 버트런드 러셀의 『런던통신』을 읽었다. 그 책에는 「지겨운 사람들에 관한 연구」라는 글이 있는데, 남을 지겹게 하는 일곱 가지 부류의 사람을 소개한다. 그중 다섯 번째가 '일화들을 들먹이며 지겹게 하는 사람'이다. 아, 이렇게 뜨끔할 수가.

(나머지 부류가 궁금하다면 책을 사서 읽어 보시라. 자신은 일곱 가지 중 몇 가지에 해당하는지 따져 보는 재미가 있다. 참고로 나는 세 번 뜨끔했다.)

누군가를 지겹게 할까 봐 걱정되지만 어쨌거나 나

의 요리는 완성이 되었다. 재료의 깊은 맛을 끌어내고 오래도록 온기를 품어 주는 뚝배기와 같은 작가가 되기를 감히 바라지는 않는다. 그래도 이 책이 먹다 남기는 음식은 되지 않았으면 좋겠다. 부디 너그러운 입맛과 열린 마음으로 이 책장을 넘겨 주시기를.

2021년 여름
서주희

혼자 먹는 밥

　나의 첫 식사는 늦은 시간에 시작된다. 보통 아침이라고 하기에도, 점심이라고 하기에도 애매한 시간이다. 반찬은 대부분은 전날 해 먹고 남은 것들이다. 있다는 사실조차 잊고 있던 음식, 얼른 해치우지 않으면 머지않아 새로운 생명의 터전이 될 것만 같은 음식도 있다.

　나는 그것들을 볶고, 지지고, 끓인다. 냉장고에 있던 나물은 참기름 몇 방울과 깨소금을 뿌려 다시 무친다. 달걀, 김치와 함께 김밥을 말아도 좋고, 달걀프라이를 올려 비빔밥으로 먹어도 맛있다. 남은 된장찌개에 들기름과 약간의 설탕, 자투리 채소를 넣고 자작하게 졸이면 강된장이 된다. 치킨이나 족발 몇 조각이 남아 있을 때는 덮밥이나 강정을 해 먹고, 굳은 식빵은 우유와 달걀물을 입혀서 굽는다.

　차갑게 식었던 음식들은 온기와 함께 되살아난다.

갑작스레 도는 피에 넘쳐나는 혈기를 주체할 수 없다는 듯 더운 김을 내뿜는다. 고심하며 고른 그릇에 담아 쟁반에 올리면 정성들여 만든 음식처럼 보인다. 거의 환골탈태 수준의 변신이다.

아이를 유치원에 보내고 집 안을 대강 정리한 뒤 먹는 한 끼는 나에게 무척 소중하다. 대단한 것을 먹지는 않더라도 나름대로 기분 좋은 식사를 하려고 한다. 시리얼 한 그릇에도 과일을 썰어 올리고 견과류를 얹는다. 빵 한 쪽을 먹을 때도 이왕이면 봉투째로 먹지 않고 어울리는 접시에 옮겨 담는다.

혼자 먹는 밥일수록 예뻐야 한다. 싱크대 앞에 서서 찬밥 한 덩이에 물을 부어 먹어도 뭐라고 할 사람은 없다. 뭐라고 할 사람이 없기 때문에 더 신경을 써야 한다. 혼자 있을 때 나를 챙겨 줄 사람은 나뿐이다.

식사(食事)는 식사(食思)이기도 하다. 음식을 먹고 싶다는 욕망 또한 다른 욕망과 마찬가지로 잘 해결해야 탈이 나지 않는다. 비싸고 진귀한 음식을 먹는다거나 배가 터지도록 먹는다고 해서 그 욕망을 해결할 수 있는 것은 아니다. 시간이 지나면 부른 배는 꺼지고 속은 다시 헛헛해진다. 어떤 욕망이나 그렇다. 몸을 채우듯 마음도 채워야 비로소 만족하게 되는 것이다.

허기만 면하자는 생각으로 아무거나, 아무렇게나 먹었던 때가 있다. 엄마는 가게에, 동생은 군대에 있던 시절이었다. 우리 가족은 갑자기 세상을 떠난 아빠의 부재를 실감하는 중이었고, 감정적으로나 경제적으로나 저마다의 고통을 견디고 있었다.

퇴근하고 집에 들어가면 아무도 없었다. 좁지만 휑하게 느껴지는 거실과 난방을 해도 썰렁하기만 한 공기. 조용하다 못해 적막한 집이 낯설어 나는 TV부터 틀었다. 그러고는 의미 없이 채널을 돌려가며 저녁을 먹었다. 소문난 식탐의 소유자임에도 불구하고 무얼 먹든 별로 맛이 없었다.

가만히 앉아 있다 보면 문득 그리움이 밀려들었다. 아주 사소한 기억들이 나를 힘들게 했다. 아빠가 했던 썰렁한 농담들, 소파에 나란히 앉아 군것질을 하며 나누었던 대수롭지 않은 이야기와 신나게 웃던 표정 같은 것들. 다시는 잡을 수 없는 아빠의 손과 그 감촉을 떠올리곤 했다.

TV는 멋대로 떠들고 나는 듣지도 않았다. 밤이 되면 냉장고에 있던 와인을 한 잔씩 마시고 잠이 들었다. 한때는 독립을 하겠다고 날뛸 만큼 혼자의 삶에 자신만만했지만 매일 불 꺼진 집에 들어가 입 한 번 벙긋하지 않다가 조용히 눕는 일은 쓸쓸하다 못해 아 찔했다.

좀처럼 의욕이 생기지 않았다. 우울이란 감정은 사람을 무력화시켰다. 서서히 뜨거워지는 물속에서 유영하는 개구리처럼 나도 모르는 사이에 죽어 가는 기분이었다. 그럼에도 도망칠 기운이 없었다.

어느 날 퇴근길 지하철역에서 옴팡지게 싸우는 커 플을 보며 부럽다는 생각이 들었다. 그렇게 화를 내 고, 소리치고, 울며불며 매달릴 만큼 감정이 움직인다 는 것, 그 감정을 표출할 에너지가 있다는 것이 부러 웠다.

더 이상 이래서는 안 되겠다고 생각한 뒤로 가장 먼저 한 일은 저녁을 좀 더 잘 챙겨 먹는 것이었다. 나 는 편의점에서 컵라면을 사오는 대신 부엌에서 라면 을 끓이고 파를 썰어 넣었다. 김치볶음밥을 만들거나 국수를 삶아 먹기도 했다. 폼 나는 음식은 아니어도 나를 위한 밥상을 차린다는 생각으로 몸을 움직였다. 밥을 제대로 안 먹어서 우울했던 것은 아니지만, 식사에 신경을 쓰다 보니 조금씩 기운이 났다. 음식을 직접 만들어 먹는 것만으로도 어쩐지 내가 열심히 살고 있는 듯한 느낌이었다.

만족스러운 한 끼는 몸은 물론이고 마음까지 든든하게 만들어 주었다. 지금도 그렇다. 더럽고 짜증나고 거지 같은 일이 생기더라도(아마 100퍼센트 확률로 생기겠지만) 주먹을 꽉 쥐고 나아갈 수 있는 파이팅 정신이 생긴다고나 할까. 식사는 육체뿐 아니라 정신에 영양을 공급하는 일이다. 휴식이자 즐거움이고, 힘을 얻는 과정이다. 적어도 나에게는 그렇다.

나는 외롭고 고단할 때일수록 잘 먹으려고 노력한다. 세상에 내 맘대로 되는 일은 잘 없는데, 먹는 것까지 마음 같지 않으면 얼마나 속상한지 모른다. 세 끼를 꼬박꼬박 먹지 않아도 일 년이면 천 번, 평생 수십만 번의 밥을 먹는다. 그토록 자주 반복되는 일을 대강 해치운다면 삶 전체가 너무 서글퍼질 것 같다.

혼자 밥을 먹는 것은 품격 있는 일이다. 누구도 고려하지 않은 채 내 취향대로 메뉴를 선택하고, 내 입맛대로 요리를 하며, 내 마음대로 맛을 보는 탁월한 즐거움을 누릴 수 있는 기회이다. 온전한 나만의 시간은 커다란 위안이 된다. 어린 아이를 먹이고 씻기고 입히느라 안드로메다로 날아가려는 영혼의 끄트머리를 겨우 붙든 채 허겁지겁 무언가를 씹어 본 자에게는 더욱 그렇다.

내가 가장 사랑하는 혼밥 메뉴는 솥밥이다. 고기 반찬을 좋아하는 남편과 아이는 솥밥의 진미를 모른다. 때문에 내가 오롯이 즐기기에 더욱 알맞다. 저녁이 아닌 때에 밥을 한다는 것은 큰 결심을 요하는 일이지만, 바닥까지 가라앉는 것 같은 날에는 나를 먹이고 대접하기 위해 굳이 1인분의 밥을 짓는다.

솥밥의 재료는 무궁무진한데, 계절에 따라 정리를 해 보자면 이렇다.

봄에는 역시 나물밥이다. 냉이, 곤드레, 취나물, 두릅… 데쳐 먹는 나물이라면 무엇이든 괜찮다. 여린 고사리를 넣은 고사리밥도 향긋하다. 양념장에도 달래를 넣어야 한다. 알싸하고 쌉싸래한 달래 향은 식사의 흥을 돋워 준다.

여름에는 옥수수밥이 별미다. 옥수수를 삶아 먹고 남은 것이 있으면 포크를 이용해 옥수수 알을 좌르륵 떼어 낸 다음 쌀 위에 얹어서 밥을 지으면 된다. 알을

다 떼어 낸 옥수수 속대도 함께 얹는다. 6월 중에 수확하는 하지감자를 넣어서 지은 감자밥도 포슬포슬 부드러운 맛이다.

가을은 무엇이든 풍성한 계절이다. 햇밤을 넣어 지은 밥은 고소하고 달달하다. 하지만 가을 솥밥 중 최고는 역시 버섯밥이다. 질 좋은 버섯은 고기보다 맛이 좋다. 새송이, 표고, 느타리 등 밥과 어울리는 버섯이 참 많은데, 그것들을 모두 넣어 모둠버섯밥을 지어도 맛있다.

겨울에는 무가 달다. 굴과 바지락 같은 해산물이 싱싱할 때라서 무와 굴, 무와 바지락을 함께 넣으면 쫄깃하고 아삭한 식감을 한꺼번에 느낄 수 있다.

솥밥은 혼자 먹기 참 좋은 음식이다. 간소하지만 무심하지 않고, 정성스럽지만 요란하지 않다. 반찬은 김치 한 접시면 된다. 이것저것 많이 놓으면 오히려 번잡스러워 보인다. 조금 더 갖춰 먹고 싶은 날에는 두부를 넣은 맑은 된장국이나 달걀국 정도만 곁들이는 것이 좋다. 그래도 초라하거나 궁색하지 않은 게 솥밥의 특징이고 매력이다.

밥에 들어갈 식재료 외에 준비할 것은 양념장뿐이

라서 장보기가 간단하고 요리하기도 번거롭지 않다. 무엇보다 돈 낭비, 음식 낭비가 적으니 지갑도 지키고 환경도 보호하는 일석이조의 밥상이다.

혼자 밥을 해 먹을 일이 많다면 찌개용과 별도로 솥밥용 뚝배기를 하나 마련하길 추천한다. 지름이 14~16센티미터 정도 되는 뚝배기는 1~2인용으로 충분하다. 밥을 짓기 위한 용도이므로 조금 묵직해도 두툼한 것으로 골라야 하고, 뚜껑은 꼭 있어야 한다.

밥만 지을 수 있으면 좋아하는 재료를 넣어 갖가지 솥밥을 완성할 수 있다. 그다음에 해야 할 일은 단 한 가지, 느긋하고 우아하게 맛을 음미하는 것이다. 나와 내 앞에 놓인 음식에 집중하는 기쁨, 그 순간의 평화를 만끽하시기를.

뚝배기니까 장맛

陶甖提白醸 柳筐挈紅腥(도앵제백엄 유비설홍성)

고려 말기의 학자 이달충이 쓴 한시 「산촌잡영(山村雜詠)」에 나오는 구절이다. 우리말로 풀이하면 "질 뚝배기에 허연 막걸리를 담아 오고 버드나무 광주리에 붉은 생선을 넣어 오네."라는 뜻이다.

벼슬에서 물러나 시골로 간 이달충은 속세에서 멀리 떨어져 있는 자연과 그 속에 어우러져 살고 있는 사람들의 모습을 이 시에 담았다. 첫 구절에서는 산촌을 황량한 벽지라고 말하지만 이어지는 시구에서 묘사되는 풍경은 쓸쓸하면서도 아늑하다. 마을 주위를 병풍처럼 두른 산, 얕은 시내와 초가, 새가 날아오르는 정자… 단풍나무를 깎아 그릇을 만들고 도토리와 거친 보리밥을 먹는 촌사람들의 삶 또한 처연한 듯 평화롭다.

가진 것이 없는 산촌 사람들도 손님이 오면 술과 음식을 준비한다. 술은 질뚝배기에 담는다. '도(陶)'는 질그릇을 뜻하고 '앵(罌)'은 오지병이나 항아리를 가리키니 도앵이란 질항아리, 뚝배기 단지 등등 다양하게 해석된다. 당시에 뚝배기와 같은 그릇이 흔히 쓰였음을 짐작할 수 있다.

질그릇은 진흙을 빚어 잿물을 입히지 않고 구워서 만든다. 잿물을 입혀서 구운 그릇은 오지그릇이라고 한다. 잿물을 입히는 이유는 그릇을 윤기 나고 단단하게 만들어 주기 때문이다.

질그릇은 질그릇대로, 오지그릇은 오지그릇대로 저마다의 멋이 있다. 바닥과 가까운 아래쪽이나 윗면 테두리에만 유약을 입히지 않고 구운 뚝배기도 있는데, 광택이 있는 부분과 없는 부분이 어우러져 색다르게 보인다.

사전에서는 뚝배기를 "찌개 따위를 끓이거나 설렁탕 따위를 담을 때 쓰는 오지그릇"으로 정의하지만 모든 뚝배기가 오지그릇인 것은 아니다. 뚝배기에도 오지뚝배기가 있고 질뚝배기가 있다. 보통은 유약을 입혀 굽지만, 그 과정을 생략하면 질뚝배기가 된다. 오지그릇과 질그릇을 통틀어 옹기라고 칭하니 옹기라는 큰 범주 안에 오지그릇과 질그릇, 그 각각의 범주 안에 오지뚝배기와 질뚝배기가 속해 있는 것이다.

뚝배기라는 명칭이 최초로 언급된 자료는 19세기 말에 쓰인 『시의전서』다. 이 책은 경상도 지방에 전해 내려오는 조리서로, 1919년에 상주군수로 부임한 심환진이 어느 양반집에 있던 책을 베껴 써서 자신의 며느리에게 전해주었다고 한다.

이 책은 말하자면 음식 백과사전이다. 주식과 부식, 후식, 술과 양념 등 총 400가지가 넘는 요리를 소개하는데, 식기와 조리도구, 계량 단위는 물론이고 상차림 방법까지 그림과 함께 자세히 설명되어 있어 전통 식문화를 연구하는 데 무척 중요한 자료다.

뚝배기라는 용어는 이 책에 처음 등장하지만, 전문가들은 우리 조상들이 그보다 훨씬 오래전부터 뚝배기를 써 왔다고 이야기한다. 신석기인들이 토기를 만드는 공정이 이어져 내려와 흙으로 빚어서 구운 그릇을 쓰게 되었고, 통일신라시대에 유약을 바르는 과정이 더해졌다. 특이한 점은 그토록 오랜 시간 동안 쓰였음에도 바로 옆 나라인 중국과 일본에서는 뚝배기와 같은 그릇을 찾아볼 수 없다는 것이다.

한국 고유의 식기이자 조리기구인 뚝배기는 역시 한국 고유의 난방 시스템인 온돌(구들)과도 연결점이 있다. 아궁이에 불을 때서 구들장을 덥히는 방식은 철기 시대에 시작되었다. 처음에는 방 전체가 아니라 일부만 데울 수 있는 '쪽구들' 형태였고, 온돌방은 고려 중기에 생겨 점차 확대된 것으로 보인다.

선조들은 흙을 평평하게 다져서 부뚜막을 만들고, 아궁이 불 위에 가마솥을 걸었다. 난방과 동시에 취사까지 해결한 것이다. 아궁이의 열을 언제고 이용할 수 있었기 때문에 자연히 재료를 한참 끓이고 우려내는 국물 요리가 발달했다. 뜨거운 국물을 끓이거나 담는 데 좋은 뚝배기가 널리 쓰이게 된 것도 이러한 사실과 관련이 있을 것으로 보인다.

뚝배기는 전국 각지에서 사용된 만큼 지역에 따라 부르는 말도 다르다. 툭배기, 툭박이, 툭시바리, 툭수리, 둑수리 등등 갖가지 이름이 있다. 전라도 지방에서는 크기에 따라 오모가리, 투가리, 옴배기라고 나눠서 부르기도 한다. 간혹 오모가리 찌개나 국밥을 판다는 음식점이 있는데, 음식이 작은 뚝배기에 담겨 나온다고 생각하면 된다.

우리에게 뚝배기가 있다면 북한에는 장사기가 있다. 장사귀, 장싸구라고도 하지만 장사기가 맞는 말이다. 장사기는 "장을 지지는 그릇"이라는 뜻에서 붙은 이름이다. 흙뿐 아니라 고기구이용 돌판에 쓰는 매끈매끈한 곱돌로 만들기도 하지만, 모양새나 쓰임새는 뚝배기와 똑같다.

『조선향토대백과』에 따르면 예로부터 산간 지대에서는 집집마다 화로에 장사기를 올려 두고 장과 채소 등을 넣어 끓이면서 밥을 먹었다. 그 관습이 이어져 북한 사람들은 지금도 장사기에 감자장과 호박장, 각종 탕 요리를 해서 밥상 한가운데에 둔다고 한다.

한반도의 음식 문화사에서 이보다 더 의미 있는 그릇이 있을까 싶지만, 뚝배기는 내내 푸대접을 받아 왔다.

뚝배기가 들어간 속담만 봐도 그렇다. "나무 뚝배기 쇠 양푼 될까"라는 말이 있다. 천하게 타고난 것은 귀한 존재가 될 수 없다는 뜻이다. 나무보다 쇠가 튼튼하기야 하겠지만 양푼보다 못한 것으로 굳이 뚝배기를 들 이유는 무어란 말인가. 사람의 신분을 따지는 것도 우스운데 그릇까지 귀천을 나누니 부아가 나기도 한다.

"뚝배기로 개 때리듯"이라는 속담을 들으면 이런 의문이 든다. 사기그릇도 아니고 놋쇠그릇도 아니고 왜 하필 뚝배기일까. 값비싼 그릇이 아까워 부러 뚝배기를 든 것인지, 아무거나 손에 잡히는 대로 집어 들었는데 흔하디흔한 것이 뚝배기라서 그렇게 된 것인지 모르겠지만 어느 쪽이건 뚝배기는 서러울 만하다.

뚝배기 입장에서 가장 억울한 속담은 "뚝배기보다 장맛"이다. 겉모양이 보잘것없어도 내용은 훌륭하다는 뜻이니, 뚝배기에 대해 몰라도 너무 모르는 소리다. 숨 쉬는 그릇인 뚝배기야말로 장이나 김치 같은 발효 음식을 담기에 제격 아닌가. 따라서 "뚝배기보다 장맛"이 아닌 "뚝배기니까 장맛"이라고 해야 맞겠다.

뚝배기계의 명품이라고 할 만한 브랜드들이 생기면서 최근에는 뚝배기의 위상이 달라진 듯하다. 예전에는 오로지 기능성 때문에 뚝배기를 사용했다면 요즘은 예쁘고 멋스럽다는 이유로 구입하는 사람도 많다. 빈티지와 레트로 열풍도 뚝배기의 인기에 한 몫을 했다.

한식이 인기를 얻으면서 해외에서도 뚝배기에 대한 관심이 높아지고 있다. 온라인 쇼핑몰 아마존에서는 2018년 한 해에만 6000여 개의 뚝배기가 팔렸다고 한다. 구매 후기를 보니 외국 사람들도 뚝배기에 만족하는 모양이다. 아시아 요리를 좋아하는 남자 친구에게 3주년 기념 선물을 하려고 뚝배기를 샀다는 리뷰를 본 적도 있다. 우리에게는 특별할 것 없는 물건이 누군가에게는 새롭고 신기할 수 있다는 사실을 새삼 깨닫는다.

이런 추세라면 뚝배기도 귀한 취급을 받게 될 것 같다. 그 안에 담겨 있는 긴 역사와 민족의 정서를 생각하면 참 다행이고 반가운 일이다. 뚝배기가 만만한 그릇이 아니라 오래 두고 아껴 쓰는 주방 필수품으로 자리 잡았으면 좋겠다. 그러면 뚝배기도 그간의 설움을 풀 수 있으리라 본다.

겉절이의 비애

회사에 다니던 시절, 내가 생각하는 가장 중차대한 일은 그날의 점심 메뉴를 고르는 것이었다. 맛있는 점심 식사야말로 직장인의 유일한 낙이 아니던가.

어느 직업이나 마찬가지겠지만 출판 편집자의 일 또한 만만치가 않다. 마감이 다가올 때는 피가 마르고, 마감이 끝나면 뼈가 삭는 기분이다. 보도자료 쓰고, 이벤트 페이지를 발주하고, 마케팅 회의에도 참여해야 한다. 그 와중에 크고 작은 사고는 왜 그리 터지는지. 인쇄 과정에서 예상하지 못했던 문제가 생기거나, 중요한 부분에서 오자가 발견되거나, 그것도 아니면 저자가 뒤늦게 내용 수정을 요청하는 식이다.

나는 여러 번 사고를 냈다. 외서에 반드시 표기해야 하는 해외 판권 내용을 절반만 뚝 잘라 실어서 책을 다시 인쇄한 적도 있고, 판권 페이지에 쓰여 있는 가격이 실제 책값과 달랐던 적도 있다. 사진작가와 스타일리스트 같은 스태프들과 적절히 소통하지 못한 탓에 총체적 난국이라 할 수 있는 책을 만들기도 했다. 실수를 자책하며 울기도 많이 울었다. 회사 화장실에 뿌린 눈물을 모으면 못해도 스타벅스 숏 사이즈 용량은 될 거다.

점차 무뎌지긴 했지만, 처음 몇 년간은 마감만 하고 나면 잠을 제대로 못 잤다. 때때로 악몽도 꿨는데, 앞에 언급한 사고 중 하나, 혹은 여러 개가 한꺼번에 터지는 꿈이었다. 편집장님에게 어떻게 보고해야 할까? 저자에게는 뭐라고 말을 꺼내지? 전전긍긍하다가 깨어나서 안도의 한숨을 내쉬는 나날이었다. 숙면의 대가라 자부하는 내가 그런 꿈에 시달렸으니 스트레스가 이만저만이 아니었던 것 같다.

스트레스를 푸는 가장 빠르고 간편한 방법은 뭔가를 사거나 뭔가를 먹는 것이다. 따라서 점심은 중요할 수밖에 없었다. 열심히 고른 음식이 맛이 없을 때는 화딱지가 났다. 하루를 망치는 기분이었달까.

시간이 갈수록 나와 동료들은 점심 메뉴를 선정하는 데 신중을 기하게 되었다. 근처 식당을 섭렵하는 것은 시간문제였고, 때로는 멀리 떨어진 동네까지 진출했다. 이름난 음식점부터 숨은 맛집, SNS에서 인기라는 레스토랑까지, 맛있는 곳이 있다는 소문을 들으면 택시를 잡아타고서라도 다녀왔으니 가히 칭송할 만한 의지였다.

우리는 서로를 '식(食)벗'이라 불렀다. 그 친구들과 함께했던 때가 나의 식(食)역사에서 가장 빛나는 시절이 아닌가 싶다. 동대문 낙지백반, 남대문 갈치조림, 한남동 존슨탕, 새로 생긴 체인점의 벌집삼겹살, 팝콘 소금 아이스크림…. 참 부지런히 먹으러 다녔다.

좋은 시절은 오래가지 않았고, 회사는 돈이 안 된다는 이유로 출판 사업을 접었다. 당시 나는 임신 초기였다. 회사를 나왔지만, 다른 회사에 들어갈 수가 없었다. 퇴사 후 집에서 외주 작업을 시작했다. 매달 꼬박꼬박 돈이 들어오지 않는 것도 아쉬웠지만, 월급보다 더 그리운 것은 회사 근처의 맛집들이었다.

목재상과 제지 회사가 많았던 골목에 자리한 재첩국밥집은 7~8년이 지난 지금도 가끔 생각이 난다. 작고 허름한 식당이었지만 인기가 참 많았던 곳이다. 점심시간에는 여지없이 만석이라 그 집에 가고 싶은 날은 단 10분이라도 일찍 사무실을 나서야 했다.

식당 메뉴는 단출했다. 재첩이 들어간 국밥과 된장국밥, 수제비, 전이 있었고, 다슬기가 들어간 것도 같은 조합으로 딱 네 가지였다.

나는 주로 재첩된장을 먹었다. 주문을 하고 나면 금세 음식이 나왔다. 뚝배기에 담긴 국밥은 테이블에 와서도 부글부글 끓어 대서 숟가락으로 여러 번 뒤적여야 했다. 입천장이 델 것처럼 뜨거운 국물을 살살 불어가며 후루룩 마시면 가슴팍이 뜨끈해졌다. 재첩이랑 양파, 약간의 채소 말고는 들어간 것도 없는데 어쩌면 그렇게 담백하면서도 깊고 시원한 맛이 났는지. 된장은 짜지도 않고 싱겁지도 않을 만큼 들어가 구수한 풍미를 더했다.

국물 한 숟가락 떠먹고 나면 함께 나온 부추와 고추를 넣을 차례였다. 부추와 고추도 모두 뚝배기에 담겨 나왔다. 부추는 젓가락으로 잔뜩 집어서 넉넉히 넣고, 송송 썬 홍고추와 청양고추는 딱 한 숟가락만 떠 넣었다. 그러고 나서 다시 국물을 마셔 보면 알싸하면서도 얼얼한 향에 속이 다 풀리는 느낌이었다.

그 집 음식의 백미는 겉절이였다. 두어 가지 반찬은 소시지부침이나 콩자반, 단무지무침 등이 돌아가며 나왔지만, 겉절이만큼은 항상 있었다. 11시 30분쯤 식당에 도착하면 아주머니들이 커다란 양푼에 배추와 양념을 섞다가 손님을 맞기도 했는데, 매일 무치는 그 겉절이 맛이 기가 막혔다. 매콤하면서 고소하고, 아삭하면서 시원했다.

국밥에 김치는 근의 공식보다 유명한 공식이 아닌가. 맛있는 김치는 국밥의 맛을 한층이 아니라 두세 층 업그레이드해 준다. 국밥을 먹으러 갔는데 공장 김치가 나오면 서운한 마음이 크다.

겉절이가 없었다면 재첩된장이 이토록 기억이 남지는 않았을 거다. 겉절이를 먹기 위해 그 식당을 찾는 사람은 없을지 몰라도 나는 겉절이의 존재감이 국밥 못지않다고 믿는다. 명품 조연으로서 주인공이 더욱 돋보이도록 받쳐 주고 있는 셈이다.

물론 겉절이의 역할은 딱 거기까지다. 겉절이는 메인이 될 수 없다. 한때 인기였던 예능 프로그램에서 시작된 유행어처럼 제아무리 뛰어나다 한들 결국 '쩌리'일 뿐이다.

일을 하면서 그 말에 얼마나 감정 이입을 했는지 모른다. 출판 편집자는 한 권의 책이 나오기까지 수없이 많은 일을 한다. 엉망인 원고를 직접 고치거나 눈알이 빠지도록 글자를 헤집으며 교정을 보는 일은 쉬운 편이다. 길고 지난한 과정 속에는 수많은 사람들이 관여한다. 수개월 고민하며 기획한 책의 꼴이 윗선의 한마디에 틀어질 때도 있고, 편집자를 개인 비서 취급하는 저자를 만날 때도 있다. 세상에 나온 책이 관심을 못 받으면 내 탓이요, 잘되면 저자의 힘이자 회사 덕이었다.

종종 회의감이 들었다. 주목받지 못하는 건 괜찮은데 존중받지 못하는 건 괜찮지 않았다. 책임 편집자의 이름에 어떤 의미와 무게가 있는지 자주 생각했다. 내 이름 석 자 앞에서 부끄럽지 않도록 딴에는 좋은 책을 만들려고 애썼지만, 책에 대한 소신과 열정은 물론이고 애정마저 사라져 갔다. 사람들의 심기를 최대한 거스르지 않고 어떻게든 마무리만 짓자는 심정으로 작업한 책도 많다.

프리랜서 생활 5년차에 편집을 그만뒀다. 지금은 하루 종일 컴퓨터 앞에 앉아서 다른 사람의 원고를 매만지고 있다. 이제 판권 페이지에서도 내 이름을 찾을 수 없다. '책임'이라는 단어에서 벗어났다는 홀가분한 기분을 느낌과 동시에 진짜 쩌리가 되었음을 자각하게 됐다.

인생의 주인공은 나 자신임을 믿어 의심치 않지만, 그건 내 인생에 한정된 이야기인지도 모른다. 재난 영화 속에서 혼자 살아남은 주인공을 보며 나라면 어떻게 할까 고민하다가 흠칫 놀란 적이 있다. 왜 항상 주인공의 입장에서만 생각하는 거지? 실제 상황이라면 나는 산처럼 쌓인 시체들 중 하나일 확률이 몇 배나 큰데. 영화에서처럼 세상이라는 무대 또한 주연은 소수일 뿐이며 나는 수많은 엑스트라 중 하나에 불과한 존재라는 생각이 들었다. 지극히 사실적이어서 서글픈 상상이었다.

일상의 안녕이나 행복과는 별개로 나에게도 성취에 대한 욕구가 있다. 엄청난 성과 혹은 부와 명성을 바라는 게 아니다. 메뉴판에 영영 이름을 올리지 못하지만 많은 이들이 기억하는 겉절이처럼 내가 하는 일이 나를 제외한 누군가에게 어느 정도 의미가 있었으면 하는 욕심. 그렇게 맛깔스러운 존재가 된다면 주인공이 아니어도 꽤 괜찮을 것 같다.

나를 포함한 세상의 모든 쩌리들을 응원하며 저녁

에는 겉절이를 무쳐야겠다. 달착지근한 배추 반 통 사서 살짝 절이고, 다진 마늘과 액젓, 설탕, 고춧가루 등 갖은 양념에 참기름 휘 두르고, 통깨를 넉넉히 뿌려 버무린 다음 따뜻한 밥 위에 척 얹어 먹으면 말 그대로 꿀맛일 거다. 오늘만큼은 아무도 메인 요리를 찾지 않을 거라 확신한다.

괜찮다는 개똥철학

뚝배기를 사면 가장 먼저 해야 할 일이 있다. 커다란 냄비에 뚝배기를 넣은 뒤 뚝배기가 잠길 만큼 쌀뜨물을 붓는다. 그런 다음 중불로 20분 정도 끓이고 충분히 식힌다. 헹굴 때는 미온수를 사용해야 한다. 뜨거운 뚝배기에 갑자기 찬물에 닿으면 깨질 염려가 있기 때문이다.

헹궈 낸 뚝배기는 물기를 닦고 약불에 올려 살짝 달구면서 말린다. 아직 끝나지 않았다. 이제 키친타월이나 마른 행주에 식용유를 조금 묻힌 다음 뚝배기 안쪽을 구석구석 닦아 줘야 한다. 새 뚝배기를 길들이는 과정이다.

쌀뜨물 속에 있는 전분이 뚝배기의 미세한 구멍으로 들어가면 뚝배기가 단단해지고, 쉽게 깨지거나 금이 가지 않는다. 뚝배기 표면을 코팅하는 효과도 있다. 뚝배기를 사용하다 보면 미세한 구멍으로 음식물이 스며들게 되는데 그런 단점을 최소화하기 위한 방법이다.

뚝배기 안팎을 코팅하는 편이 더 좋겠지만 쌀뜨물에 뚝배기를 담가서 끓이기가 여의치 않다면 그냥 뚝배기 안에 쌀뜨물을 담아서 끓여도 괜찮다. 쌀뜨물 대신 물에 밀가루를 한두 숟가락 풀어서 사용하는 것도 가능하다.

나는 주로 밥을 지어서 뚝배기를 길들인다. 밥 전용으로 구입한 뚝배기가 아니어도 처음에는 무조건 밥을 한 번 짓는 것이다. 그렇게 하면 자연히 뚝배기에 코팅막이 형성된다.

이렇게 쓰고 보니까 나도 내가 부지런하다고 착각할 정도인데 실상은 전혀 다르다. 굳이 따지자면 오히려 게으른 쪽이다. 특히 '누워 있기'를 좋아해서 어린 시절에도 등이나 배 중 한 군데는 무조건 바닥에 붙이고 있었다. 바지런한 부모님은 딸이 누구를 닮은 걸까 궁금해했다. 청소와 정리의 달인이었던 동생도 누나라면 두 손 두 발 다 들었다. 한마디로 나는 우리 집의 별종이었다.

그랬던 내가 이제는 나를 빼닮은 아이를 낳아 아

침마다 재촉 3종 세트(어서, 빨리, 얼른)를 입에 달고 산다. 뿌린 대로 거두는 것이 세상의 이치로구나 싶으면서도 어쨌거나 내가 내 앞가림은 하고 살듯 아이도 그러리라고 속 편하게 생각한다.

나의 사고는 언제나 긍정과 안일 사이에 걸쳐 있다. 다 괜찮을 거라는 믿음도 그중 하나인데 정말로 괜찮을 거라고 생각하는 것인지, 괜찮지 않은 나를 보호하기 위한 자기합리화인지 가끔은 나조차도 헷갈린다. 한번 근심에 빠지면 바닥까지 가라앉아 버리는 나로서는 그래도 이편이 훨씬 나았다. 괜찮을 것이다. 어떤 일이든 할 수 있고, 견딜 수 있을 것이다. 그러지 못한다고 해도 또 괜찮을 것이다. 사는 게 팍팍하고 불안할 때마다 의지가 되는 생각은 그것뿐이었다.

나는 이 볼품없는 신념을 인생의 대소사에 적용했다. 일이 잘되어도 못되어도 괜찮고, 돈이 많아도 적어도 괜찮고, 음식을 잘해도 못해도 괜찮다. 뚝배기를 살 때도 잘 쓰나 못 쓰나 괜찮다는 마음이었다.

사실 뚝배기를 사용하기 시작한 건 그리 오래되지 않았다. 다수가 그렇듯 나도 전기압력밥솥 신봉자였다. 친구가 결혼 선물로 사 준 밥솥은 쌀밥 문화권에

사는 사람들이 한국에 오면 앞을 다투어 사 간다는 브랜드의 최신형 제품으로, 전통 가마솥의 밥맛을 재현하며 누룽지와 이유식 제조까지 가능하다고 했다. 버튼만 누르면 맛있는 밥이 완성되니 그 편리함을 마다할 이유가 없었다.

전기압력밥솥은 365일 쉬지 않고 돌아갔다. 컴퓨터를 제외하면 우리 집에서 가장 오랜 시간 동안 바쁘게 일하는 녀석이었다.

그러던 어느 날, 평소에는 요란하게 증기를 내뿜던 녀석이 웬일인지 잠잠했다. 다음 날도, 그다음 날도 마찬가지였다. 취사 도중에 한 번씩 픽, 하고 김이 새어나오다가 막상 증기가 배출돼야 할 때는 푸시식하고 풍선 바람 빠지는 소리가 났다. 고무 패킹이든 압력 조절 기능이든 어딘가 문제가 생긴 모양이었다.

당장은 불편하지 않았다. 엄마가 코앞에 살고 있었기 때문이다. 나는 친정에 아이를 맡기고 종일 일하다 저녁이 되면 엄마가 차린 밥상으로 끼니를 해결했다. 퇴근하고 온 남편이 먹을 밥까지 양푼에 담아 집에 가져왔다. 친정집 쌀을 아주 신명나게 축냈다. 간장게장도 혀를 내두를 진정한 의미의 밥도둑이었다.

더 이상은 안 되겠다 싶어 결국 냄비를 꺼냈다(나에게도 양심은 있었다). 얼마간은 오층밥을 먹어야 했다. 탄밥, 진밥, 된밥, 고두밥, 생쌀밥이 이뤄내는 환장('환상'이 아니다)의 조화란.

엄마는 전기압력밥솥을 고치면 될 것을 왜 사서 고생을 하느냐고 나에게 물었다. 물론 나도 그럴 생각이었다. 한데 그게 그토록 번거로울 줄이야. 고객센터에 전화하고, AS를 신청하고, 서비스센터에 찾아가고, 수리가 끝난 뒤에 받아 오는 일련의 과정은 상상만 해도 복잡했다. 그러니까, 밥솥 고치기 귀찮아서 더 귀찮은 냄비 밥을 짓기 시작한 것이다.

연차를 낸 남편이 전기압력밥솥을 차에 싣고 AS센터를 직접 방문하기까지 자그마치 일 년의 시간이 흘렀다. 그 사이에 나는 냄비 밥을 짓는 일에 익숙해졌다. 그리고 언제나처럼 돈 쓸 궁리를 하기 시작했다.

멀쩡해진 전기압력밥솥은 마침 그게 필요하다는 엄마에게 드리고, 우리 집에는 냄비보다 (기능으로 보나 모양으로 보나) 밥 짓기에 알맞은 새 조리 도구를 들이기로 했다. 그게 바로 뚝배기였다.

냄비 밥을 해 온 짬밥이 있으니 뚝배기 밥도 문제

없을 것이라 믿고 덜컥 구입했으나 몇 번의 실패를 하고서야 제대로 된 밥을 먹을 수 있었다. 뚝배기에 해 먹는 밥이 마음에 들어 찌개용 뚝배기를 하나 더 구입했고, 연이어 달걀찜용, 전골용 등 용도에 따라 갖가지 뚝배기를 갖추게 되었다.

잘 길들인 뚝배기들의 매끈한 자태를 보고 있으면 괜히 흐뭇해진다. 힘든 줄 모르고 닦아 대면서 애지중지하기도 한다. 그러다가도 성가실 때는 한동안 뚝배기를 꺼내지 않는다. 이것이 게으른 내가 뚝배기를 사용하는 원칙이다. 내 기분과 체력이 허락하는 만큼만 쓸 것.

스테인리스 냄비에 찌개를 끓이고 전자레인지로 달걀찜을 만들면 뚝배기에 했을 때보다 맛은 덜하지만 아무려면 어떤가 싶다. 천하제일요리대회에 출전할 것도 아닌데 뭐 그리 대단한 맛이 필요하겠는가.

밥은 하루에 한 번만 한다. 저녁에 지은 밥이 남으면 다음 날 아침에 먹고, 남지 않으면 다른 음식으로 때운다. 주말에는 아침 겸 점심을 먹고 브런치라는 세련된 말로 포장한다. 우리 식구들은 영양이 과해서 탈이지 부족하지는 않으므로 별로 신경 쓰지 않는다.

손가락 하나 까딱하기 힘든 날에는 한국인의 민족성을 살려 배달 앱을 클릭한다(이때는 손가락이 잘 움직이니 인체는 참으로 오묘하다). 주말에는 남편 찬스를 쓰고, 인스턴트와 반조리 식품, 밀키트의 도움도 받는다. 집밥으로 건강을 챙기는 것도 좋지만 가끔은 바깥밥을 먹어야 정신건강을 지킬 수 있다고 믿으며 조금이나마 편하고자 애를 쓴다.

나는 진심으로 궁금하다. 엄마는 어떻게 매일 세 끼를 차렸을까. 먹는 기쁨과 먹이는 보람이란 평생 끼니를 준비하고 치우는 고생에 비하면 보잘것없지 않았을까. 누구도 그 가치를 제대로 인정해 주지 않으며 오히려 당연한 것이라 평가 절하하는 일들을 쉬지 않고 반복하면서 시시때때로 찾아왔을 권태와 회의감을 어떻게 극복했던 것일까.

엄마가 해 준 밥을 수만 번 먹고 자란 지금, 싱크대 앞에 서서 이따금씩 지겹다는 말을 중얼거리던 엄마의 심정을 조금은 이해하게 되었다. 그때 엄마에게 말해 줄걸 그랬다. 안 해도 괜찮아. 내가 해도 괜찮아. 사 먹어도 괜찮아. 그렇게 부지런히 움직이지 않아도, 정말 괜찮아. 내 개똥 철학이 엄마에게도 약이 됐을지 모르는데 그저 주는 대로 받아 먹기만 했다. 지독하리만큼 내 인생만 챙겼다.

이렇게 쓰면서도 여전히 엄마 밥을 자주 먹고 있다. 그러고 보니 이제껏 나를 지탱한 것은 다 괜찮을 거라는 믿음이 아니라 끝없는 엄마의 보살핌이었던 것 같다. 나는 내가 행동만 굼뜬 줄 알았는데 생각도 한없이 느리다. 몸은 진즉 자랐건만 머리는 언제 다 크려는지. 아직도 한참 멀었다.

● 나에게 딱 맞는 뚝배기 고르기

뚝배기는 얼핏 비슷해 보이지만 모양과 크기는 물론이고 제품에 따라 특징이 다르기 때문에 여러 가지를 따져서 골라야 한다. 뚝배기를 구입할 때 고려할 부분을 소개한다.

1. 용도

밥을 지을 때 사용할 것인지, 찌개를 끓이거나 달걀찜을 만드는 데 쓸 것인지에 따라 모양을 잘 선택해야 한다. 국이나 찌개용은 깊어도 좋으나 전골용은 일반 전골냄비와 같이 입구가 넓고 깊이가 상대적으로 얕은 모양이 알맞다.

밥 짓는 용으로 쓰려면 무게가 있더라도 뚜껑과 몸체가 두툼한 뚝배기를 구입하는 것이 좋다. 그래야 더 센 압력을 가할 수 있고 밥맛도 좋아진다. 이중뚜껑 뚝배기도 좋은 선택인데, 뚜껑만 이중일 뿐 몸체가 두껍지 않은 것이라면 추천하고 싶지 않다.

뚜껑과 손잡이의 유무 여부도 용도에 따라 결정한다. 달걀찜이나 찌개용 뚝배기는 쓰는 사람에 따라 뚜껑이 반드시 필요하지 않을 수 있다. 손잡이가 없는 뚝배기는 가정에서 가스레인지에 올려 사용하기에는 불편할 수 있지만 국물 요리를 담아내는 식기로는 잘 어울린다.

2. 조리하는 양

달걀찜이나 강된장용으로는 보통 크기가 작은 알뚝배기를 쓰는데 식구가 많다거나 한번에 많은 양을 조리하는 편이라면 더 큰 것을 구입해야 한다. 밥 전용 뚝배기 또한 밥을 얼마나 하느냐에 따라서 필요한 크기가 달라진다. 보통 지름 16센티미터, 높이 9센티미터 정도 되는 뚝배기에는 쌀 두 컵에서 두 컵 반을 넣어 밥을 지을 수 있다.

3. 디자인

뚝배기는 다른 냄비들에 비해 색상이나 모양이 단조로운 편이었지만 최근에는 디자인이 다양해졌다. 모양은 항아리처럼 둥근 것과 옆면이 직선으로 올라가는 것, 바닥이 각진 것 등이 있으며, 표면 또한 광택이 거의 없고 투박한 것부터 매끄럽고 반들거리는 것까지 여러 가지다. 일부분에만 유약을 입힌 투톤 뚝배기도 있다.

최근에는 천편일률적이었던 색상에서 벗어나 다양한 컬러의 뚝배기가 판매되는 중이다. 이런 제품들은 대개 무균열 뚝배기로, 클래식하고 빈티지한 디자인을 좋아하지 않는 사람들에게 더욱 인기다.

4. 편리성

편의를 내세워 나온 뚝배기 중 대표적인 제품이 바로 앞서 언급한 무균열 뚝배기다. 흙은 열을 받으면 팽창하는 성질이 있기 때문에 미세한 균열이 생길 수밖에 없다. 표면에 입힌 유약도 같이 갈라지게 되는데, 이런 균열들은 흙 속 구멍과 함께 음식물 찌꺼기나 주방 세제가 스며드는 원인이 된다. 무균열 뚝배기는 강한 열을 가해도 팽창하지 않는 원료를 쓴다고 한다.

냄새나 미생물 번식을 걱정할 필요가 없고 세척도 편하다는 것은 분명 장점이지만, 무균열 뚝배기를 전통 방식으로 만든 뚝배기와 같다고 하기에는 무리가 있다. 실용적인 면에서 뛰어난 것은 분명하므로 편하게 쓰고자 하는 사람에게는 괜찮은 선택이다.

5. 조리 기구

뚝배기 사용을 꺼리게 되는 이유 중 하나는 인덕션 조리가 불가능하다는 것이다. 인덕션은 불을 이용해서 직접 가열하는 것이 아니라 전자기 유도 방식으로 열을 내는 조리 기구다. 쉽게 말해 전기가 통하는 물질로 만든 용기여야 가열할 수 있는데, 뚝배기는 전기가 통하지 않는 부도체이므로 당연히 사용할 수 없다.

지금은 바닥 처리를 통해 인덕션 사용이 가능한 뚝배기도 판매되고 있지만 선택의 폭이 넓지는 않다. 일반 뚝배기를 인덕션에 올려 쓰고 싶다면 인덕터라는 가열판을 따로 마련해야 한다.

아예 무쇠나 스테인리스 재질의 뚝배기를 쓰는 방법도

있다. 모양만 같을 뿐이지 뚝배기라고 할 수는 없지만, 여의치 않은 상황에서 뚝배기 쓰는 재미를 비슷하게나마 느낄 수 있는 하나의 방법이 아닐까 싶다.

　무슨 요리에 쓸 것인지, 어느 정도 크기가 필요한지, 평소 디자인 취향은 어떤지, 오리지널과 편리성 중 어느 쪽이 더 중요한지 생각해 보면 나에게 맞는 뚝배기를 선택하기 쉽다. 하지만 사랑은 언제나 뜻밖의 순간에 찾아오듯 아무 조건과 상관없이 눈에 꽂히는 뚝배기를 만나게 될 수도 있다. 그때는 그냥 그 뚝배기를 사라고 권하고 싶다. 우선 내 마음에 들어야 물건에 정을 붙일 수 있기 때문이다.

　이제 뚝배기에 나를 맞추는 일만 남았다. 뚝배기를 길들이는 동시에 뚝배기에 길들여지면 밀밭을 스치는 바람 소리까지 사랑하게 된 어린 왕자의 여우처럼 가스레인지 위를 스치는 국물 소리까지 사랑하게 될 거다. 피곤하지만 행복한 뚝배기 라이프의 시작이다.

불 조절의 기술과 타이밍의 예술

　요즘은 흰 음식을 독으로 여기는 분위기다. 설탕이나 밀가루, 백미 같은 것을 멀리해야 건강이 좋아지고 살도 덜 찐다나.

　트렌드와 상관없이 우리 집에서는 흰쌀밥이 가장 인기다. 매번 흰쌀밥을 요구하는 사람은 일곱 살짜리 딸이다. 엄마 아빠로부터 대식(大食) 유전자를 물려받았는지, 아이는 날 때부터 잘 먹었다. 공부도 음악도 아닌, 식재료와 요리법에 흥미를 보였다. 생애 최초로 쌀국수를 먹은 날 "국물에서 소고기 냄새가 나네."라는 말로 우리 부부를 감탄시키더니 그 후로도 종종 대장금스러운 멘트를 날리며 즐거운 식생활을 누린다.

　다른 집 아이들은 영어 동요 CD를 들으며 잠을 깬다는데, 우리 딸은 아침에 일어나자마자 유치원 식단을 읊어 달라 한다. 반찬보다 중요한 건 밥이다. 율무밥, 차조밥, 수수밥, 보리밥 등 아이들의 건강을 위한다는 이유로 다양한 잡곡밥들이 돌아가며 이름을 올리지만, 아이가 최고로 꼽는 건 역시 흰쌀밥이다. 그냥 쌀밥도 아니고 '흰쌀밥'이 좋다고 콕 집어 말한다.

식도락계의 평등주의자로 모든 음식을 공평히 사랑하려 애쓰는 나 또한 딸의 말을 인정할 수밖에 없다. 녀석은 타고난 감각으로 알고 있었다. 밥은 뭐니 뭐니 해도 흰쌀밥임을.

특히 뚝배기에 금방 지은 흰쌀밥은 그 맛이 기가 막히다. 나는 흰쌀밥만큼은 뚝배기에 짓는다. 내 입맛에 가장 맞기 때문이다. 압력밥솥에 지은 밥은 너무 차지고, 반대로 냄비에 지은 밥은 너무 찰기가 없다.

너무 크지 않은 뚝배기에 그때그때 먹을 만큼만 밥을 지어야 한다. 쌀의 품종과 도정 일자, 밥 짓는 노하우 등 밥맛을 좌우하는 조건은 많지만, 나는 무엇보다 '갓 지은 밥'의 맛을 강조하고 싶다. 다른 조건이 크게 차이 나지 않는 이상, 중요한 것은 밥을 짓는 시간과 먹는 시간 사이의 간격이다.

가스 불을 끄고 뜸을 들인 뒤에도 뚝배기는 좀처럼 식지 않는다. 두툼한 뚜껑을 열면 눈앞이 부옇게 흐려지면서 구수한 밥 냄새가 순식간에 퍼져 나간다.

새하얀 윗면은 풀 먹인 양탄자처럼 촉촉하고, 밥알은 한 톨 한 톨 참기름을 바른 듯 반들거린다. 주걱으로 뒤섞을 때마다 밥알들이 품고 있던 열기가 폭폭 피어오른다.

김이 모락모락 나는 밥을 한 숟가락 떠서 입안에 넣으면 나도 모르게 "허어-" 하는 소리가 나온다. 방정맞게 입을 움직이는 동안 밥알들은 정신없이 입속을 굴러다닌다. 매끄러운 표면과 탱글탱글하면서도 찰진 식감, 씹을수록 더해가는 달큼한 향. 밥통에 보관한 밥은 무슨 수를 써도 그 맛을 낼 수 없다.

갓 지은 밥만 있으면 반찬이 화려하지 않아도 맛있는 식사를 할 수 있다. 담백한 국 한 그릇이나 마른 김에 양념간장 한 종지만 있어도 순식간에 밥 한 공기를 비우게 된다.

나는 쌀을 씻는 것으로 저녁 준비를 시작한다. 처음 부은 물은 얼른 씻어서 버리고, 두 번째부터는 쌀을 휘저으며 씻는다. 서너 번 씻은 쌀을 체에 밭쳐 두고 국이나 찌개를 끓이다가 30분이 지나면 불린 쌀을 안친다. 밥과 물의 비율은 쌀이 묵은 정도에 따라 다르지만 보통 1대 1에서 1대 1.5 사이가 알맞다. 햅쌀

일수록 물을 적게 넣어야 한다.

뚝배기에 밥을 지을 때는 불 조절이 중요하다. 처음에는 강불에 끓인다. 밥이 끓어올라 뚜껑에 있는 구멍으로 김이 나오면 최대한 약한 불로 줄인다. 10분 정도 더 끓이고 불을 끈다. 뚜껑을 닫아 둔 채 5분 정도 뜸을 들이면 완성이다. 쌀의 양이나 뚝배기의 크기에 따라 다르지만 보통 쌀 두 컵을 기준으로 강불에 7분에서 8분, 약불로 8분에서 10분 끓인 다음 5분에서 10분 정도 뜸을 들인다고 생각하면 된다.

뚝배기를 처음 샀을 때는 제대로 밥을 짓지 못했다. 그때 내 목표는 맛있는 밥이 아니었다. 그저 밥이 완성만 되기를 바랐다. 최우선 과제는 밥물이 넘치지 않게 하는 것이었는데, 전기압력밥솥에 의지하고 살았던 나에게는 꽤 어려운 일이었다.

일단 가스 불을 켜고 나면 딴 짓을 해서는 안 된다. 밥은 꼭 한눈을 판 사이에 끓어오른다(이건 예외 없는 법칙이다). 뚜껑 아래에서 부글거리는 소리가 들릴 때부터는 온 신경을 집중해야 한다. 뚜껑이 곧 들썩일 것 같은데 들썩이지 않는 순간이 최적의 타이밍이다. 그때 잽싸게 불을 줄이거나 뚜껑을 살짝 열어 주지 않으면 참사가 벌어지고 만다. "넘치겠는데?" 하고 손을 뻗으면 이미 늦었다고 할 수 있다.

본래 느긋한 나는 그 타이밍을 자주 놓쳤다. 용암처럼 뜨겁고 걸쭉한 밥물은 순식간에 뚝배기 밖으로 흘러내려 가스레인지를 뒤덮었다. 그러면 별도리가 없었다. 염불 외듯 육두문자를 나지막이 읊어 대며 굳어 버린 밥물을 박박 문질러 닦는 수밖에.

지금은 많이 익숙해져서 밥을 지으며 반찬을 만든다. 여전히 다른 데 정신을 팔다가 불 조절 타이밍을 놓칠 때가 있지만, 밥 짓는 용도로 이중뚜껑 뚝배기를 장만한 뒤부터 넘쳐흐른 밥물을 닦는 일이 없다. 불 끄는 타이밍도 크게 신경 쓰지 않는다. 밥이 눈는 냄새가 날 때 끄면 된다는 생각이다.

누룽지는 뚝배기 밥의 핵심이다. 눌어붙은 밥에 물을 부어 두면 뜨끈한 누룽지를 즐길 수 있다. 이게 또 별미라, 그냥 건너뛰기가 참 아쉽다. 누룽지를 다 먹고 숭늉까지 마시면 저녁 식사는 비로소 끝이 난다.

나는 이렇게 분주한 저녁이 마음에 든다. 부글부글 밥이 끓어오르고, 들락날락하면서 오늘의 반찬을 묻는 아이의 목소리와 달그락거리는 그릇 소리가 뒤

엉키는. 세 식구가 다 같이 부른 배를 두드리고 있으면 오늘 하루도 무사히 마쳤구나 싶다. 일이 바빠서 매번 집밥을 하지도 못하고, 우리가 함께 먹는 음식이 반드시 집밥이어야 하는 것도 아니지만, 직접 밥을 짓는 날은 기분이 좋다. 밥 냄새가 풍기면 집 안에 따스한 기운이 도는 것 같달까.

신경인류학자 존 앨런은 저서 『미각의 지배』에서 "음식을 먹는 행위는 실로 복잡한 감각의 경험"이라고 말했다. 그에 따르면 우리의 두뇌는 음식에 관한 기억을 무엇보다 생생하게 간직한다. "인간 자신의 생존에 필요할 뿐 아니라 타인과 장소, 사물에 대한 기억과 광범위하게 연결되어 있기 때문"이다. 그리고 이런 식으로 각인된 기억은 두뇌에 남아 후손에게까지 전해진다. 인간에게 음식이란 섭취와 소화 이상의 의미를 지닌 것이다.

텔레비전만 틀어도 국내외의 온갖 귀한 요리를 구경할 수 있는 세상이다. 맛집이 넘쳐나고 배달 메뉴마저 무궁무진한 시대에 굳이 집에서 밥을 하는 이유는 내가 가족들에게 좋은 기억을 새겨 줄 수 있는 방법 중 하나이기 때문이다.

내가 짓는 밥은 특별할 게 없다. 그럼에도 우리의 평범한 저녁 식사가 아이에게 조금은 의미가 있기를 바란다. 입안 가득 밀어 넣은 흰쌀밥의 맛과 식탁 위를 떠도는 온기, 어둑해지는 창밖을 보며 나누는 별것 아닌 이야기들. 훗날 아이가 이 시간을 떠올릴 때 행복하면 좋겠다. 그런 마음으로 뚝배기를 꺼내고, 똑같은 밥을 짓는다.

취향과 소비와 수집

　얼마 전 뚝배기 하나를 더 들였다. 용도는 강된장
용. 그전까지는 뚝배기를 네 개 가지고 있었다. 찌개
용과 전골용 뚝배기가 각각 하나씩 있고, 이중뚜껑이
있는 뚝배기는 밥을 지을 때 사용한다. 나머지 하나는
크기가 작은 알뚝배기여서 주로 달걀찜용으로 쓴다.
강된장도 이 알뚝배기에 끓이면 되는데 굳이 새것을
구입한 까닭은 단 한 가지, "사고 싶어서"다.

　이것만큼 강력한 이유가 또 있을까? 무언가를 사
는 데 필요한 건 합당한 근거가 아니라 그럴듯한 구실
이다. 물론 뚝배기는 음식에 따라 나눠 사용하는 편이
좋다. 미세한 구멍으로 음식물이 흡수되었다가 다시
빠져나올 수 있어서다. 찌개를 끓이는 데 사용했던 뚝
배기에 밥을 지으면 뚝배기에 스며 있던 염분으로 인
해 밥맛이 변할 수 있다. 그래서 이왕이면 밥 전용, 찌
개 전용, 하는 식으로 나눠서 사용하라는 것이다.

달걀찜과 강된장 뚝배기는 굳이 쓰임새를 나눌 필요가 없었지만, 내 마음에 쏙 드는 앙증스러운 뚝배기를 발견한 순간, 강된장용 뚝배기는 따로 있어야 한다는 비합리적인 확신이 들었다(실은 찌개와 전골도 같은 뚝배기에 끓여 왔는데 오래전에 용도를 분리했다. 새 뚝배기를 하나 더 장만하기 위해서!).

소비를 위한 소비는 우리 집 경제 상황을 고려하면 지극히 어리석은 행위다. 하지만 나는 오랜만에 강림하신 지름신 앞에서 무력해졌고, 절망과 동시에 약간의 흥분을 느끼며 쇼핑에 임했다. 어쨌든 그런저런 핑계로 우리 집 뚝배기는 이제 다섯 개가 되었다.

이 정도면 내 기준으로는 수집에 해당한다. 피규어로 방 하나를 채우는 것도 아니고, 에르메스 가방을 깔별로 사는 것도 아닌데 그게 무슨 수집이냐 하겠지만, 물건 사 모으는 취미가 별로 없는 나에게 뚝배기 다섯 개는 분명 과하게 느껴진다. 다시 말해 뚝배기는 내가 과하게 소비하는 유일한 품목이다.

나는 수집을 싫어한다기보다는 귀찮아하는 쪽이다. 내가 원하는 물건을 찾고, 사고, 기다리고, 진열하고, 아끼고, 관리할 만한 열정이 없다. 이런 성향 때문인지 물욕이 적은 편이다. 갖고 싶은 것이야 많지만, 그걸 얻는 데 많은 노력을 쏟아야 한다면 욕구가 사그라진다고나 할까? 이게 성향인지 환경 때문인지는 모르겠으나 나와 동생의 180도 다른 모습으로 유추해 보건대 타고난 바가 적지 않은 듯싶다.

예를 들어, 마음에 드는 운동화가 눈에 띄었는데 그걸 살 수 있는 돈이 없으면 나는 "그럼 못 사겠네." 하고 만다. 아쉬움도 없다. 있으면 좋고, 없어도 괜찮다는 주의이기 때문이다. 반면 내 동생은 그 운동화를 사기 위한 계획을 세운 뒤에 어떻게든 돈을 벌어 자신의 목표를 달성한다. 어릴 적부터 동생의 그런 끈기가 대단하면서도 신기하게 느껴졌다.

지금 와서 생각하니 나는 물욕이 적다기보다 체념을 잘하는 것 같다. 별다른 노력 없이 뭐든 살 수 있는 재력이 있었다면 거침없이 사 재꼈을지도 모른다. 내 형편에 만족하고 속을 끓이지 않는 대신 발전이 없는 성격인데, 역시나 그런 성격에 만족하며 잘 지내왔다. 원하는 물건을 손에 넣겠다며 돈을 모을 끈기도 없고, 카드를 긁거나 빚을 낼 만한 배짱도 없으니 씀씀이도 늘 그대로다.

그렇다고 해서 내가 검소한가 하면, 절대 그렇지는 않다. 카페 쿠폰조차 제대로 써먹지 못하는 사람이 나다. 멍하니 걷다가 자주 가는 카페를 지나쳐서 다른 카페에 가는 경우가 부지기수고, 다음 날에는 그 카페마저 지나쳐 버려서 또 다른 카페에 가곤 한다. 지갑이나 서랍을 정리하다 보면 스탬프가 한두 개씩 찍혀 있는 쿠폰들이 다발로 나온다. 커피 한 잔 값도 못 아끼는데 알뜰할 리가 있나.

나는 소비에 있어서 가장 어리석은 축이라고 할 수 있다. 큰돈은 안 쓰(면 멋질 텐데 못 쓰)고 푼돈은 잘 쓰는 타입이다. 큰돈 앞에서는 분수를 자각하다가 푼돈 앞에서는 분수를 망각한다. 뜨개질과 그림, 베이킹 같은 취미활동에 꾸준히 돈을 지출한다. 브랜드에는 관심이 없지만, 쓸모가 별로 없는 것들에 마음을 빼앗긴다. 나무 집게, 컵싸개, 솔방울, 꽃 모양 단추, 무늬가 독특한 포장용 리본, 빈티지 감성 쿠키 상자…. 명품은 사 두면 재산이라도 되지, 이것들은 값어치를 매길 수가 없다(귀해서가 아니라 정말로 값이 안 나간다).

집도 좁고 돈도 없던 차에 마침 유행하는 미니멀리즘에 살짝 발을 담가볼까 했으나 녀석들이 내 발목을 잡았다. 폐기와 분류, 정리와 수납은 언제나 자신 있는 종목이었는데, 비우고 또 비우기를 반복하는 와중에도 이 애물단지들은 살아남았다. 취향만큼은 버릴 수 없기 때문이다.

취향은 숱한 시도와 실패를 거쳐 정립된다. 유행에 휘둘리고 광고에 혹하며 사들인 것들은 결국 곁에 남지 않는다. 나 또한 무수히 돈을 쓰고 난 뒤에야 비로소 내가 정말 좋아하고 나에게 어울리는 게 무엇인지 알게 되었다.

뚝배기는 내 취향에 딱 맞는다. 사양 좋은 전기 압력밥솥과 예쁜 조리 도구가 넘쳐나는 시대에 반드시 필요한 것도 아니요, 트렌디하다고 보기에도 어려운 모양새지만, 적당히 낡은 느낌이라 그런지 오래 써도 변함이 없다. 나는 세련되지 않은 그 투박함이 좋다. 단순하지만 단조롭지 않은 선과 둔탁하면서도 자연스러운 빛깔, 묵직한 무게감이 마음에 든다. 가격도 저렴해서 살 때마다 죄의식을 느끼지 않으니 그것 또한 장점이라 할 수 있겠다.

잠언집으로 유명한 프랑수아 드 라 로슈푸코는 이런 말을 남겼다. "행복은 취향에 있는 것이지 사물에 있는 것이 아니다. 내가 좋아하는 것을 손에 넣으면 그것으로 행복한 것이지, 다른 사람의 눈에 좋아 보이는 것을 손에 넣었다고 행복한 것은 아니다." (프랑수아 드 라 로슈푸코, 『잠언과 성찰』, 해누리기획, 2010)

나는 뚝배기 다섯 개로 행복할 수 있어 다행이다. 다만 그 수가 늘지 않게끔 조심하고 있다.

소비 욕구는 자극의 강도와 비례하고, 요즘 같은 세상에 돈을 안 쓰고 배기기란 쉽지 않다. 인터넷 아이 쇼핑을 하는 동안 내가 남긴 흔적들은 데이터로 수집되고, 기업들은 그 정보를 활용해 공격적인 마케팅을 펼친다. 페이스북이나 인스타그램, 심지어 뉴스 사이트에 접속을 해도 취향 저격 아이템들이 눈앞에 떠오른다. 그러니 뚝배기 다섯 개가 여섯 개로 늘어나지 않으리라는 보장이 없다. 노력은 하겠지만 장담은 못 하겠다고 해야 할까.

취향은 소비를 부르고, 결국 수집으로 이어진다. 그 연결고리를 끊어내지 않는 한 미니멀은 불가능하다. 나는 아무래도 미니멀리스트가 되지 못하려나 보다. 비움은 다음 생에….

뚝배기를 기억할 것

술을 즐기진 않지만 해장은 확실히 하는 편이다. 쓰린 속을 달래는 데는 뜨끈한 국물만 한 게 없다. 햄버거나 피자로 해장을 하는 사람들도 있다는데 나는 퍽퍽해진 속에 물기 없는 음식을 밀어 넣기가 힘들다.

국물이라고 해도 너무 맵거나 기름진 게 들어가면 속이 한층 더 부대낀다. 그런 이유로 라면도 탈락이다. 어디까지나 내 생각이지만, 야단법석을 떠는 위장은 맑고 담백한 국물로 차분하게 가라앉혀야 한다.

한때는 해장 음식으로 콩나물국밥을 가장 선호했다. 아스파라긴산의 효능도 효능이지만, 숙취 해소에 딱 어울리는 맛이었기 때문이다. 전주식 콩나물국밥에는 수란이 같이 나온다. 수란 그릇에 국물을 몇 숟가락 떠 넣은 뒤 김을 부숴 넣으면 훌륭한 애피타이저가 된다. 부드럽고 고소한 맛이 위장에 조심스레 노크를 하는 느낌이다. 국물이 배어든 밥알과 적당히 아삭한 콩나물은 씹을수록 향긋하다. 그렇게 달래고 나면 뒤집어졌던 속이 보들보들해지면서 어느 정도 제자리를 찾는 것 같았다.

아쉬운 점이 있다면 술을 마신 다음 날 콩나물국밥을 만들어 먹기란 영 번거롭다는 것이다. 사 먹는 것도 마찬가지다. 회사 근처에는 콩나물국밥 전문점이 있기 마련인지라 점심 메뉴를 콩나물국밥으로 정하면 그만이지만, 집에서 일하는 나에게는 버스 한번 타는 것이 해외에 나가는 것만큼 중차대한 일이다. 코앞에 있는 편의점에 다녀오는 것도 웬만큼 마음을 단단히 먹지 않으면 안 되는 마당에 오로지 식당에 가기 위해 외출을 한다는 건 상상할 수 없는 일이다.

생활방식이 달라지면서 자주 즐기는 해장 음식도 자연히 바뀌었다. 내가 찾은 해답은 쌀국수, 그중에서도 인스턴트 쌀국수다. 속이 거북해 죽겠는데 거하게 요리를 할 정신과 의지가 어디 있겠는가. 그런 때일수록 조리는 간편해야 한다.

창고형 할인점에 갈 때마다 사서 쟁여 두는 인스턴트 쌀국수는 맛이 꽤 그럴듯하다. 잘만 끓이면 맛집까진 안 되지만 대형 체인점에 까불어 볼 만한 정도는 된다. 물론 부재료를 좀 넣어 줘야 한다. 다른 건 몰라도 고기와 숙주는 들어가는 게 좋다.

우리 집 냉동실에는 언제나 고기가 있으므로 문제는 숙주다. 숙주 구입은 쌀국수 조리 시 가장 난이도가 높은 미션이다. 햄릿에 빙의되어 숙주를 넣느냐 마느냐 백번가량 고민하다 심호흡을 하고 현관문을 나선 다음, 집 앞 슈퍼에서 숙주 한 봉지를 사오면 거대한 난관을 극복한 셈이다. (이 난관을 넘지 못해 숙주 없이 쌀국수를 먹을 때도 있다) 그 뒤로는 어려울 게 없다.

재료가 준비되었으니 뚝배기도 꺼낸다. 보통 뚝배기에는 면 요리를 하지 않는다. 다른 조리 도구에 비해 뚝배기의 비열이 큰 탓이다. 양은 냄비와 비교하면 이해가 쉽다.

양은 냄비에 물을 끓이면 얼마 지나지 않아 팔팔 끓어오른다. 금방 뜨거워지고 금방 식는다. 반면 뚝배기는 데우는 데 많은 열량이 필요하다. 더디게 끓는 대신 식는 속도도 더디다. 온도 변화가 적은 만큼 일단 뜨거워지면 열기가 오래가기 때문에 뚝배기를 불에서 내린 뒤에도 찌개는 보글보글 끓어 댄다.

이런 장점이 면 요리에는 단점으로 작용한다. 계

속 끓으니까 면발이 불어서 맛이 떨어지는 것이다. 확실히 뚝배기는 면 요리와 궁합이 좋지 않다.

그러나 하지 말라면 더 하고 싶은 것이 저항하는 인간 호모 레지스탕스의 심리다. 뚝배기 칼국수, 뚝배기 우동, 뚝배기 파스타가 버젓이 팔리며 인기까지 얻고 있는 현상으로 유추해 보건대 나만 유별난 것은 아닌 듯싶다.

과학적 근거에 따라 뚝배기에 면을 끓일 때는 살짝 덜 익히는 게 요령이지만, 쌀국수를 끓인다면 무시해도 될 것 같다. 쌀면은 밀가루 면과 달리 잘 불지도 않을 뿐더러 인스턴트 쌀국수를 끓이면서 면발이 익은 정도까지 체크하기는 너무 귀찮기 때문이다.

쌀국수 면은 원래 찬물에 오래 불렸다가 끓는 물에 잠시 삶아 익히는 게 정석이지만, 내가 애용하는 제품은 포장의 조리법을 통해 라면 끓이듯 끓는 물에 5분간 끓이기를 권하고 있다(그래서 더 마음에 든다).

끓인 면은 헹궈서 체에 밭치고 다시 물을 받아 끓인다. 새 물이 끓으면 분말 수프와 면을 넣는다. 고기도 이때 넣되, 이왕이면 샤브샤브용이나 차돌박이처럼 얇은 것이 좋다. 1분에서 2분 정도 더 끓인 후 면과 함께 뚝배기에 담고 숙주를 올리면 완성이다.

정신력과 체력이 허락한다면 양파절임을 곁들여 보자. 레시피는 면 삶는 물을 끓이는 동안 만들 수 있을 만큼 간단하다. 양파는 4분의 1개 정도만 채 썬다. 물과 식초, 설탕을 같은 비율로 섞은 다음 채 썬 양파를 넣어 재운다. 최대한 얇게 써는 게 중요한데, 그래야 촛물이 빨리 스며들기 때문이다.

숙주가 필수 재료라면 양파절임은 최고급 옵션이다. 없어도 괜찮지만, 막상 있으면 쌀국수의 품격이 달라진다. 그 외 자잘한 옵션으로는 잘게 썬 고추와 레몬조각 등이 있겠다.

사실 쌀국수의 화룡점정은 고수다. 완성된 쌀국수 위에 고수를 얹으면 내가 지금 베트남 로컬 식당에 앉아 있는 건지 우리 집 컴퓨터 앞에 앉아 있는 건지 약 2초간 헷갈린다. 다만 호불호가 갈리는 식재료라서 무작정 추천하지는 못하겠다. 나는 고수를 좋아하는 쪽인데 동네 슈퍼에서는 팔지 않는 경우도 많고, 있다고 해도 가격이 착하지 않기에 아예 종묘상에서 고수 씨앗을 사 두었다. 내년 봄에 한번 심어 볼 작정이다.

인스턴트 제품을 이용한 뚝배기 쌀국수는 숙취 해

소 목적이 아니어도 가끔 해 먹을 만하다. 매번 요리를 해야 하는 사람에게는 이런 꼼수가 필요하다. 밥벌이의 지겨움 못지않은 밥 짓기의 지겨움에 매몰되지 않으려면 일상에 작은 구멍을 뚫어 숨통을 터야 하는 것 아닐까.

나는 자주 꼼수를 부린다. 정성을 다한 요리에는 못 미치는 맛일지도 모르지만, 만드는 사람인 내가 만족하니까 우선 절반의 성공은 거둔 거다.

우동라면을 끓일 때는 나무꼬치에 어묵을 끼워 넣는다. 국물 맛이 좋아지고 양도 많아져 든든하게 먹을 수 있다. 남은 김치찌개에 단맛 나는 양념을 추가하고 냉동 돈가스를 지져 올린 다음 국물이 자작해지도록 끓이면 돈가스김치나베로 부활한다. 마트표 양념 불고기에 자투리 채소와 물, 불린 당면만 넣어 끓여도 좋다. 뚝배기에 담기면 뚝배기 불고기가 되는 거다.

뚝배기는 자칫 허술해 보이기 쉬운 음식을 한층 근사하고 맛깔스럽게 만들어 준다. 정말이지 요물이라 할 수밖에. 그러므로 항상 뚝배기를 기억해야 한다. 특히 꼼수 요리를 할 때는.

● 나만 맛있을지도 모르는 뚝배기 레시피(1)

뚝배기로 자주 하는 요리 중 나름 괜찮다 싶은 레시피들을 모아 봤다. 나는 웬만한 특식이 아니면 생소한 재료나 복잡한 과정을 최대한 생략하는 편이므로 누구든 만만하게 따라할 수 있으리라 생각한다.

비법 양념을 만들어 둔다든지, 과일을 갈아 넣는다든지, 오래 숙성한다든지 하는 과정 따위는 없다. 당연히 그만큼의 정성을 들인 요리보다야 맛은 덜하겠지만, 들인 시간과 노력에 대비하면 꽤 그럴듯한 맛이라는 점에서 가성비 좋은 레시피라고 생각한다.

양념의 종류도 적은 편이다. 따로 조미료를 쓰는 사람이라면 조금 추가해도 좋다. 나는 MSG를 비롯한 화학 조미료를 그리 좋아하지 않는 편이지만 시판 액젓, 맛술, 굴소스는 어느 정도 사용한다. 그런 제품에도 화학 조미료 성분이 들어가기 때문에 아예 안 쓴다고 할 수는 없다.

우리나라는 MSG 괴담이 많은 편인데 사실 MSG는 천연 식재료에도 들어 있는 성분이다. 한때 북미를 뒤집어 놓은 중국음식증후군 때문에 MSG가 유해하다는 인식이 퍼졌지만, 다양하고 지속적인 연구 결과 미국식품의약국(FDA)은 물론이고 우리나라 식약처 또한 요리에 넣는 MSG 정도는 평생 먹어도 안전하다고 발표했다. 심지어 소금 대신 약간

의 조미료를 넣어 나트륨 섭취를 줄이라고 권하는 의사들도
있다.

내가 "나 조미료요" 하는 제품들을 잘 쓰지 않는 이유는
지금 사용하는 정도로 만족하기 때문이다. 조금 허전하더라
도 재료 본연의 맛을 좋아한다. 조미료가 꼭 들어가야 맛이
나는 음식도 있지만 집에서 하는 요리에는 필수가 아니라고
본다. 내 취향과 입맛일 뿐이니 원한다면 편히 쓰시길.

요리책 레시피들과 정면 승부할 자신은 전혀 없지만, 뚝
배기를 쓰는 사람들이 부담 없이, 편견 없이, 실망 없이 보
는 레시피가 되기를 희망한다.

곤드레나물밥

모든 이름이 낯설게 느껴질 때가 있다. 무심코 부르
는 이름의 이유—쌀은 왜 쌀이라고 하며 딸기는 왜
딸기라고 하는지—가 궁금한 것이다. 곤드레나물은
왜 곤드레나물이라고 하는지 생각해 봤다. 향기가
너무 좋아서 곤드레만드레 취한다는 뜻일까?
이런 궁금증은 나만 있는 게 아닌가 보다. 특히 식물
이름의 유래를 연구하는 사람들이 있는데, 찾아보니
아무래도 입장이 갈리는 것 같다. 산나물의 이름에
도 일제 강점기의 잔재가 남아 있다는 주장과 우리

고유의 말이 남아 있다는 주장이 있다. 예를 들어 곰취의 경우, 전자는 일본식 이름에 끼워 맞춘 이름이라고 하는 반면, 후자는 잎이 곰의 발바닥처럼 생긴 들꽃이라는 뜻에서 생긴 '곰달외'라는 말이 '곰달래(지역에 따라 곤달비)'로 변화하고 '곰취'가 되었다고 한다.

곤드레나물은 바람이 불 때마다 이리저리 흔들리는 곤드레 줄기가 꼭 술 취한 사람 같아서 그런 이름이 붙었다는 이야기가 있다. 내 예상과 조금 다르기는 하지만 아주 동떨어진 것은 아닌 듯하다.

사실 곤드레는 예로부터 민간에서 불러 온 향명이다. 정식 이름은 고려엉경퀴라는데 늘 곤드레라고 불러서인지 곤드레라는 이름이 훨씬 친근하게 느껴진다. 곤드레나물은 맛도 그렇다. 향이 독하지 않고 쓴맛이 없어서 처음 먹어도 거부감이 들지 않는다. 아이도 잘 먹는 나물이다. 그래서인지 옛날에는 곤드레나물을 삼시 세 끼 먹으며 보릿고개를 넘겼다고 한다. 사람을 살게 하는 고마운 음식이다.

건곤드레는 한나절 동안 불리기도 하는데, 나는 식단을 미리 짜는 편이 아니라서 그리 오래 불리지는 못하고 대신 끓는 물에 푹 삶는다. 줄기가 뻣뻣하지 않고 부드러워질 만큼 삶으면 된다.

재료(2~3인 분량)

쌀 2컵, 물 2컵, 건곤드레 40그램(두 줌 정도), 들기름 2큰술, 자른 다시마 1장

양념장

진간장 3큰술, 물 1큰술, 설탕 1/3큰술, 고춧가루 1/3큰술, 들기름(참기름) 1큰술, 통깨 1큰술, 다진 대파 2큰술, 다진 홍고추(풋고추) 1큰술

1. 건곤드레는 물에 한 번 씻어서 한 시간 정도 물에 불린다.
2. 불린 곤드레나물은 끓는 물에 넣고 30분 삶은 뒤 식힌다.
3. 쌀은 씻어서 20분간 물에 불리고 체에 밭쳐 물기를 뺀다.
4. 삶은 곤드레나물은 물기를 짜내고 먹기 좋게 자른 뒤 들기름을 넣어 무친다.
5. 뚝배기에 씻은 쌀과 물 2컵, 자른 다시마를 넣고 곤드레나물을 올린다.
6. 중불에 7~8분 정도 끓이다가 밥물이 끓어오르면 약불로 줄여 10~15분 더 끓인다.
7. 밥 냄새가 나면 불을 끄고 5분 뜸을 들인다.
8. 다시마를 빼고 밥을 퍼낸 다음 양념장 재료를 섞어 곁들인다.

표고버섯밥

솥밥은 하나만 넣으려고 했는데 표고버섯밥은 너무 맛있는 데다 조리도 간단해서 소개를 안 할 수가 없었다. 뚝배기에 밥을 지을 때 쌀 위에 자른 표고를 가지런히 펴서 올리기만 하면 된다. 밥도 구수하지만 버섯 향이 밴 숭늉이 특히 맛있다.

나에게 버섯이란 고기를 대체할 만큼 훌륭한 식재료다. 밥에 넣어도 어울리고 갖가지 고기는 물론 채소와도 궁합이 잘 맞는다. 달걀을 입혀 전으로 구워도 좋지만 다른 재료 없이 버섯만 구워 먹어도 맛있다. 1능이, 2송이, 3표고라는데 내 입맛에는 표고가 제일이다. 그 쫄깃한 식감과 고소한 풍미란!

표고버섯은 말리면 향이 더 진해지고 보관하기도 편하다. 건표고는 우리 집 필수품이다. 냉동실에 쟁여두었다가 반찬이 없을 때마다 물에 불려 여기저기 활용한다. 멸치다시마육수를 낼 때 두세 개 넣어도 맛이 깊어진다.

재료(2~3인 분량)

쌀 2컵, 물 2컵, 표고버섯 4~5개(잘라서 보관한 건표고는 2줌 정도), 들기름 1큰술

양념장

진간장 3큰술, 물 1큰술, 설탕 1/3큰술, 고춧가루 1/3큰술, 들기름(참기름) 1큰술, 통깨 1큰술, 다진 대파 2큰술, 다진 홍고추(풋고추) 1큰술

1. 쌀은 씻어서 20분간 물에 불리고 체에 밭쳐 물기를 뺀다.
2. 표고버섯은 기둥을 떼고 0.5~1센티 두께로 썬 뒤에 물에 담가서 말랑해질 때까지 불린다.
3. 표고버섯 불린 물은 버리지 말고 버섯만 건져 물기를 짠다.
4. 뚝배기에 씻은 쌀과 표고버섯 불린 물 2컵, 들기름을 넣고 불린 표고버섯을 올린다.
5. 중불에 7~8분 정도 끓이다가 밥물이 끓어오르면 약불로 줄여 10~15분 더 끓인다.
6. 밥 냄새가 나면 불을 끄고 5분 뜸을 들인다.
7. 밥을 퍼낸 다음 양념장 재료를 섞어 곁들인다.

우렁강된장

나는 반찬이 필요하지 않은 요리를 좋아한다. 특별한 날이 아니면 찌개에 반찬 하나 혹은 메인 요리에 국 하나 정도로 간소한 상차림을 선호한다. 거기에 김치나 장아찌 한 종지를 곁들이면 족하다.

엄마가 밑반찬을 싸 주는 날에는 밥상이 화려해지기도 하지만 요즘은 그것도 아주 조금만 받아 온다. 상다리가 부러지게 차린들 그 많은 반찬에 젓가락이 다 가지도 않거니와 남은 반찬들은 천덕꾸러기가 되기 일쑤여서 한두 가지 음식을 한 끼 분량만 하는 것으로 나름의 원칙을 정했다.

강된장은 내가 정말 좋아하는 메인 메뉴다. 알뚝배기에 끓인 강된장 하나만 있으면 다른 반찬은 성가실 뿐이다. 자투리 채소를 해치우기에도 좋은 음식이라 부엌살림을 하는 입장에서는 좋아하지 않을 수 없다.

우렁강된장을 끓이는 날에는 보리밥을 짓는다. 쌀과 보리를 반씩 섞어서 지은 밥은 입안에서 탱글탱글 구르다가 톡 터진다. 쫄깃한 우렁살, 부드러운 강된장과 한데 어우러지면 마치 칼군무를 추다가 사이사이 솔로 파트로 각자의 개성을 자랑하는 아이돌 그룹처럼 미친 존재감을 뽐낸다. 그러니 덕질하듯 강된장을 파고 또 파게 되는 것이다.

강된장의 맛은 된장이 좌우한다. 마트표 된장은 집 된장보다 묵직한 맛이 덜하기 때문에 청국장을 한 숟가락 정도 더하는 게 낫다. 채소는 참기름보다 향이 강한 들기름에 볶아야 시골 맛(?)이 난다. 두부는 넣지 않아도 괜찮지만 나는 개인적으로 으깨진 두부 맛을 좋아한다. 우렁살 대신 다슬기살을 넣어도 고소하고, 냉이를 넣어도 향긋하다.

국물이 거의 없도록 자작하게 졸여 데친 호박잎이나 곰취나물에 밥과 함께 싸 먹으면 세상 시름이 사라지는 맛이다. 쓰면서도 그 맛이 떠올라 군침이 돈다.

재료(2~3인 분량)

멸치다시마육수 1컵, 우렁살 100그램, 두부 1/4모, 버섯 1줌, 애호박 1/5개, 양파 1/5개, 대파(10센티) 1토막, 청양고추 1개, 홍고추 1/2개, 다진 마늘 1작은술, 들기름 2큰술, 된장 3큰술, 고추장 1큰술, 설탕 1작은술

육수

국멸치 5개, 자른 다시마 2조각, 물 3컵

1. 냄비에 육수 재료를 넣어 끓이다가 육수가 끓어오르면 다시마를 뺀 다음 약불로 줄이고 양이 절반 정도 줄어들 때까지 끓인다.
2. 우렁살은 흐르는 물에 씻고 두부, 버섯, 애호박, 양파, 대파, 고추는 작게 썬다.
3. 뚝배기에 들기름을 두르고 다진 마늘, 양파, 버섯, 애호박을 넣어 약불에 볶는다.
4. 채소 익는 냄새가 나면 멸치다시마육수 1컵을 붓고 된장, 고추장, 설탕을 넣어 풀어 준다.
5. 두부, 우렁살, 대파, 고추를 넣고 중불에 한소끔 끓인 뒤 약불로 줄여 자작해질 때까지 끓인다.

달걀찜 고수의 위엄

이번에도 실패다. 조마조마한 마음으로 알뚝배기 위에 엎어 놓은 밥공기를 들춰 본 나는 실망감을 감출 수 없었다. 달걀찜은 손바닥으로 꾹 누른 머핀 같았다. 지난번보다도 못한 결과다.

내가 기대했던 그림은 이게 아니었다. 고깃집에서 주문하면 나오는 폭탄달걀찜. 이제 막 폭발하기 시작한 화산처럼 뚝배기 위로 높이 솟아올라서 부글부글 끓어대는, 그런 달걀찜을 원했던 것이다.

푸딩처럼 곱고 보드라운 일식 달걀찜도 맛있지만, 보는 순간 식욕이 솟구치면서 한 숟가락 떠먹고 싶어지는 것은 역시 폭탄달걀찜이다. 폭탄달걀찜은 울퉁불퉁할수록 먹음직스럽다. 너무 익어 단단해서도 안 된다. 갈라진 지표면 위로 마그마가 분출하듯 아직 완전히 익지 않은 달걀물이 군데군데 표면을 뚫고 올라와서 흘러야 한다. 폭신한 동시에 촉촉하며, 부드러우

면서도 몽글몽글한 질감이 느껴져야 궁극의 폭탄달
걀찜이라고 할 수 있다.

폭탄달걀찜의 성공은 타이밍에 달려 있다. 달걀물
을 휘젓는 타이밍, 뚝배기 위에 그릇을 엎는 타이밍,
불을 줄이는 타이밍, 엎어 둔 그릇을 들어내는 타이
밍. 어느 것 하나라도 놓치면 만족스러운 결과를 얻을
수 없다.

마지막 타이밍은 가장 맞추기 어렵다. 레시피를
보면 그릇을 2분 정도 덮어 두라는데, 탄내가 날락 말
락 하거나 그릇이 달싹거리면 나도 모르게 조바심이
나서 그릇을 열어 보게 된다. 한창 부풀고 있던 달걀
찜은 김이 팍 샌다는 듯 푸르르 주저앉는다. 조금만
더 참을 것을. 컵라면에 물을 부어 놓은 것도 아닌데
2분이 왜 그렇게 더디 간단 말인가! 요리에도 기다림
의 미학이 필요하건만 나는 매번 같은 실수와 후회를
한다.

식당 이모님들은 레시피니 타이밍이니 하는 것들
이 무색할 만큼 간단하게 달걀찜을 만들어 낸다. 줄지
어 있는 뚝배기에 달걀물을 부어 넣는 그녀들의 손놀
림은 거침이 없다. 자그마한 알뚝배기들은 가정집과

비교가 되지 않는 강한 화력에 금방 달아오르고, 이모님들은 조금씩 익기 시작하는 달걀물을 숟가락으로 사정없이 휘젓는다. 가장자리에 새 달걀물을 추가한 다음 다른 뚝배기를 뚜껑처럼 덮었다가 열어 주면 어느새 '핵'폭탄달걀찜이 완성된다.

그 과정은 언제나 물 흐르듯 자연스럽다. 나 같은 하수들이 분초를 따질 때 고수들은 시간보다 정확한 '감'으로 요리를 한다. 고수의 감은 수없는 반복에 의해 생긴 능력이다.

한 시대를 풍미했던 무술인 이소룡은 만 가지의 발차기를 하는 사람보다 하나의 발차기를 만 번 연습한 사람이 두렵다고 말했다. 한 가지 일을 오랜 시간 끊임없이 반복하다 보면 그 안에서 어떤 이치를 깨닫게 되는 것 같다. 그것은 말로 설명할 수 있는 것이 아니고 몸에 익는 것이다.

누구도 흉내 낼 수 없는 기술이 생기면 그 사람은 고수를 넘어 달인이라고 할 수 있다. 우리는 〈생활의 달인〉 같은 프로그램을 보면서 감탄하고 감동한다. 남들이 대단하다고 생각하지 않는 일일지언정 자신의 분야에서 최선을 다하며 오로지 꾸준함과 성실함으로 경지에 이른 사람들에 대한 존경이자 정직한 삶에 보내는 찬사일 것이다.

내가 일곱 살 때, 엄마는 부업의 달인이었다. 우리 집은 주인집 아래 줄줄이 붙어 있는 세 집 중 가장 안쪽에 있었다. 장마가 길면 시멘트로 된 부엌 바닥에 물이 차오르는, 화장실에 가려면 옆집들을 지나서 길가로 나가야 했던, 불을 때지 않는 골방 하나와 다 같이 모여 자는 큰방 하나가 전부인 집이었다.

동네아주머니들은 그 방에 모여 앉아 갖가지 부업을 했다. 반찬값을 벌고 곗돈을 모으기 위해 노리개 매듭을 묶거나 브로치 뒤판에 핀을 붙였다. 전자부품을 끼워 조립하는 일도 있었고, 고무창을 오리는 일도 있었다. 그럴 때는 집 안에 쇠 냄새, 고무 냄새가 진동했다.

엄마가 한 부업 중 가장 기억에 남는 일은 마론인형에 옷을 입히는 것이었다. 나는 그 일이 좋았다. 골방 한쪽에 산처럼 쌓여 있는 목 없는 인형들을 볼 때마다 소름이 돋기는 했지만, 사소한 불량이 있는 옷은 내가 가질 수 있다는 엄청난 장점이 있었기 때문이다.

얼굴이 달려 있지 않은 인형 수백 개와 각양각색

의 인형 옷을 방 한가운데에 펼쳐 둔 채 모두들 열심히 손을 움직였다. "손은 눈보다 빠르다"는 말이 실감나는 속도였다. 나도 엄마 곁에 앉아 몸뿐인 인형에 옷을 입히곤 했다. 인형 하나에 옷을 입혀서 받는 돈은 5원도 채 되지 않았다.

부업의 종류는 정기적으로 바뀌었다. 일에 숙달되어 손이 빨라질 때쯤이었다. 아쉬움도 잠시, 부지런한 엄마는 새로운 일도 척척 잘해냈다. 단순노동에 있어 다른 요령은 없었다. 그저 반복, 또 반복하다 보니까 최대한 빨리, 그러면서도 오류 없이 작업하는 법을 절로 터득했던 것이다.

가난한 직업 군인을 만나 좋은 직장도 그만두고 산골짜기 관사에서 신혼살림을 시작해 낯선 동네에 자리 잡은 엄마가 두 아이를 키우면서 할 수 있는 일은 그것뿐이었다. 형광등 아래에서 종일 부업을 하던 엄마의 모습을 나는 아직도 기억한다.

엄마는 인형의 몸에 수천 벌의 옷을 입혔다. 수천 개의 매듭을 엮고 수천 번의 가위질을 했다. 고깃집 주방에서 요리하는 분들은 수천 그릇의 달걀찜을 만들었을 것이다. 나는 고작 예닐곱 번 도전하고 성패를 운운했으니 일러도 한참 이른 셈이다.

예닐곱 번이 아니라 육칠십 번 만들어 보면 고수
는 못 되더라도 지금보다는 나아지지 않겠나 싶다. 언
젠가는 식당 이모님들의 위엄을 재현하는 날도 오겠
지. 크고 아름다운 폭탄달걀찜을 뚝딱 만들어 낸 다
음, 지극히 당연한 결과라는 양 무심하고 담담한 표정
으로 먹을 테다. 생각만 해도 폼 난다.

가락국수의 정석

가까이 지내는 작가님 한 분과 이야기를 나누다가 "에디터님은 책을 워낙 많이 읽으실 테니까요. 그렇죠?"라는 질문을 들은 적이 있다.

"아… 얼른 대답할 수 없는 제 자신이 밉네요…."

내 대답에 작가님이 빵 터져 버렸고 나도 덩달아 웃음이 터졌다. 우리는 킥킥대며 남은 수다를 떨었다.

책을 좋아하지만 많이 읽지는 않는다. 많이 읽기는 하는데 제대로 읽지는 않는다고 할 수도 있겠다.

편집자가 된 뒤로 오히려 독서와 멀어졌다. 신간 기획이나 편집 참고용으로 훑어본 책은 많지만 제목이나 구성, 원고 상태를 신경 쓰지 않고 오로지 독자의 입장에서 신나게 읽은 책은 별로 없다.

솔직히 말하면 그런 시절은 다시 오지 않을 것 같다. 그러기에는 책이 만들어지는 과정을 너무 속속들이 알아버렸다. 보이지 않던 것들이 보이다 보니 글을 읽다가도 자꾸만 만든 사람의 입장에서 책을 살피게 된다. 독서의 순수한 재미를 잃어버린 느낌이랄까.

원래 다독에 의미를 두는 편은 아니었다. 양질의 독서를 하겠다고 애쓰지도 않았다. 먹는 것도 그렇지만 독서 취향 또한 잡식성이라서 그냥 닥치는 대로, 보이는 대로 읽었다.

어렸을 때는 아빠의 책장이 보물섬이었다. 아빠가 젊은 시절부터 가지고 있던 책들은 두툼한 갱지로 되어 있어서 손끝에 닿는 감촉이 거칠었다. 종이를 문지르면 퀴퀴한 냄새가 났는데, 비 오는 날 헌책방에 가면 맡을 수 있는 오래된 먼지 냄새 같은 것이었다.

열 살이 되었을 때, 아빠가 어렸을 적에 읽었다는 『어린 왕자』를 읽었다. 누런 종이 위에 타자기로 찍은 듯한 글자를 보며 코끼리를 삼켰다는 보아뱀이나 별을 산산조각 낼 수도 있다는 바오밥나무의 실제 모습을 상상했다. 그런 것들을 본 적이 없는 나에게 『어린 왕자』의 이야기는 내가 딛고 선 땅이 빙글빙글 돌고 있다는 사실만큼이나 신비했다. 비행기를 탄 채 사라져 버렸다는 작가의 프로필을 보면서 나는 그가 결국 어린 왕자의 별로 날아간 것일까 궁금했다. 생텍쥐페

리의 실종으로 『어린 왕자』는 영영 끝나지 않는 이야기가 되었다.

한자가 섞여 있어 읽을 수 없었던 『초한지』나 『서유기』의 내용은 아빠가 직접 들려주었다. 아빠는 나에게 『장미의 이름으로』, 『토지』 같은 작품을 추천하며 대강의 줄거리를 설명해 주기도 했다. 밤늦도록 들을 만큼 흥미진진한 스토리였다.

보물섬에는 보물 아닌 고물도 많이 묻혀 있었는데 그런 책들도 나름의 재미가 있었다. 요즘 같으면 짤로 돌아다닐 만한 유머 모음집을 보면서 킬킬대기도 하고, 유명 배우의 에세이를 보며 값싼 호기심을 채우기도 했다. 야한 장면이 등장하는 소설을 읽을 때는 무슨 뜻인지 완벽하게 이해하지 못하면서도 괜스레 얼굴이 달아올랐다.

독서는 누워서도 세상을 쏘다닐 수 있는 방법이었다. 어느 누구도 나에게 좋은 책을 골라 읽으라거나 책 읽을 시간에 공부를 하라고 강요하지 않았다. 나도 학교에서 나눠 주는 필독 도서 목록에 연연하지 않았다. 마음 가는 대로 읽고, 좋아하고, 즐거워했다.

만화책에 빠진 뒤로는 만화잡지를 사기 위해 용돈

을 모았다. 매월 잡지 발간일이 되면 서점에 가서 『나나』, 『댕기』 같은 책들을 품에 안고는 눈썹이 휘날리다 못해 빠지도록 집으로 뛰어왔다. 그 몇 분간의 기대감과 설렘은 지금도 잊을 수가 없다. 『베르사유의 장미』로 프랑스 혁명사를 공부하고 『점프트리 A+』 같은 고교생활을 꿈꾸며 『H2』를 보면서 첫사랑을 기다리는 것이 당시 사춘기 소녀들의 국룰이었다.

질풍노도의 시기(요새도 이런 말 쓰는지 모르겠다)답게 현실과 동떨어진 주제에도 관심이 무척 많았는데, 때마침 동네에 도서관이 생겨서 그곳에 드나들며 외계인과 무속신앙에 관한 책들을 모조리 읽어 치웠다. 그중에는 외계인 실험 기지라고 소문난 미국 네바다주의 1급 군사 기지에 관한 책, UFO에 납치되었다가 돌아왔다고 주장하는 사람들의 인터뷰집, 심지어 외계인의 가르침을 기반으로 한다는 사이비 종교 서적도 있었다.

무속신앙에 관한 책들은 주로 무속인들의 수기였다. 굽이굽이 이어지는 굴곡투성이 인생 스토리에 놀랐다가 슬펐다가 웃었다가 울었다. 누가 보기라도 할까 봐 재빨리 눈물을 비벼 닦고서 자판기 커피를 뽑아

지하에 있는 휴게실로 내려가곤 했다. 썰렁한 휴게실에 앉아 제발 나에게는 애기동자나 산신님이나 외계인 같은 미지의 존재가 찾아오지 않기를 바라며(무서우니까!) 커피를 홀짝거리다가 다시 올라가서 책을 읽었다. 그러면 한나절이 훌쩍 지나갔다.

주말에는 옆 동네 도서관에 갔다. 늘 비어 있는 우리 동네 도서관과 달리 시험 기간에는 새벽부터 줄을 서야만 들어갈 수 있는 곳이었다. 그곳에 가면 항상 구내식당에서 파는 우동을 먹었다. 메뉴 이름은 우동이었지만 가락국수에 가까운 음식이었다. 별로 들어간 것도 없는 그 가락국수가 이상하게 맛있었다.

도서관 방문의 목적은 독서에서 가락국수로 바뀌었고, 그때부터 별 볼 일 없던 독서 인생도 암흑기를 맞았다. 마음의 양식보다 몸의 양식을 추구하며 책 대신 음식을, 도서관 대신 식당을 찾는 먹방 꿈나무의 길에 들어선 것이다. 아무튼 이십 대 중반까지는 읽는 것보다 먹는 것에 집착했던 것 같다. 주머니와 배가 수시로 비는 학생 시절에도 가락국수는 내 영육의 활력소가 되어 주었다.

싸구려 가락국수에는 묘한 매력이 있다. 우동도

아니고 잔치국수도 아닌 무엇의 느낌인데, 그 모호한 맛 때문에 우동이나 잔치국수 말고 굳이 가락국수를 먹고 싶을 때가 있다.

가락국수는 태생도 애매하다. 중국에서 전래했다고도, 우동이 한국화된 것이라고도 한다. 면 요리는 먼 옛날 중국 땅에서 온 것이고, 사전에 따르면 우동을 우리말로 순화한 것이 가락국수이므로 두 가지 이야기 모두 맞는 셈이다.

하지만 엄밀히 말해서 가락국수는 우동과 다르다. 사실은 가게마다 다르기도 해서 어떤 가게에서는 우동처럼 가다랑어포 국물을 쓰고, 어떤 가게에서는 잔치국수처럼 멸치육수를 쓴다. 면 위에는 유부와 김가루, 대파만 약간 올린다. 어떤 가게에서는 텐가스라고 하는 튀김 부스러기에 쑥갓까지 얹기도 하지만 보통은 심플한 토핑이다.

이런 가락국수는 흔한 것 같으면서도 흔하지 않다. 기차역과 버스 터미널, 오래된 지하 상가 안의 푸드코트나 포장마차에서나 볼 수 있으니 찬바람이 쌩쌩 부는 날에 우연히 가락국수를 만나는 행운은 로또 3등 정도에 비견할 만하다. 먹을까 말까 망설이다가 어느새 김이 모락모락 나는 가락국수 위에 고춧가루를 뿌리고 있는 내 손을 보며 흠칫 놀라곤 한다.

지금껏 먹은 가락국수는 하나같이 특별함이라고는 찾아볼 수 없는 맛이었지만, 그것 또한 가락국수의 특징이다. 중요한 것은 가락국수를 먹는 동안 내가 느낀 기분이다. 양서와는 거리가 먼 책들처럼 가락국수는 어떤 당위와 상관없이 나에게 가볍고 부담 없는 기쁨을 주었다. 그것들을 읽고 먹으며 무언가를 얻거나 남기려고 한 적은 없다. 목적도, 기대도 없었기 때문에 내 마음도 한없이 편안했는지 모른다.

어느 고급 식당에서 어마어마한 맛의 가락국수를 판다고 한들 별로 궁금하지 않다. 그건 내가 생각하는 가락국수의 맛이 아닐 것 같다. 귀한 재료를 가지고 장인정신을 발휘해 만들수록 맛있는 음식이 있는가 하면, 그렇지 않은 음식도 있기 마련이다.

나는 호텔 레스토랑에 앉아 세계 최고의 셰프가 만든 가락국수의 맛을 음미하고 싶지 않다. 흘끔흘끔 시계를 보면서 후루룩 면발을 건져 먹고, 미처 식지 않은 국물을 그릇째 들이켠 뒤에 개운한 기분으로 일어서고 싶다. 딱 그만큼의 만족감이면 충분하다.

그래서 가락국수는 지금 이대로가 좋다. 뚝배기가 제아무리 좋아도 가락국수에는 가벼운 플라스틱 그릇이 어울린다. 미끄러질 듯 매끈하고 탱탱한 면발이 아니어도 괜찮고, 새우튀김이나 어묵꼬치는 올리지 않는 편이 낫다. 반찬은 단무지 한 종지면 된다. 그것이 가락국수의 정석 아닐까.

먹는 이의 최선

요리를 업으로 삼고 있는 분들에게 음식 맛의 비결을 여쭤 보면 모두 재료의 중요성을 강조한다. 솜씨도 솜씨지만 우선 재료가 좋아야 한다는 것이다. 맛은 물론이거니와 요리의 질을 높이기 위해서는 좋은 식재료를 써야 한다.

뚝배기도 좋은 흙을 써야 좋은 제품이 나온다. 같은 흙이어도 도자기와 옹기, 뚝배기를 만드는 데 사용하는 흙은 다 다르다. 성분과 내화도(열에 견디는 정도) 같은 성질에 따라 백자토, 청자토, 산청토, 조합토, 고려도토 등으로 나뉘는데, 뚝배기는 보통 내열토로 만든다.

내열토는 말 그대로 열에 강한 흙이다. 고온에서도 잘 견디기 때문에 불에 직접 올려 쓰는 뚝배기를 만들기에 적합하다. 뚝배기에는 내열토 중에서도 사질이 많이 포함된 흙, 즉 모래가 섞여 있는 흙을 주로 쓴다. 입자가 커야 미세한 공기 구멍들이 많이 생겨 통기성이 좋아지는 까닭이다.

뚝배기를 반드시 내열토로 만들어야 하는 것은 아니다. 산청토로 만들기도 하고, 내열토에 다른 흙을 섞어서 만들기도 한다. 일부러 곱고 치밀한 흙을 사용해 만든 뚝배기도 있다.

좋은 흙을 구했다고 해도 그대로 쓸 수는 없다. 흙 속의 입자와 수분을 균일하게 만들어 주는 작업이 필요하다. 이를 '토련'이라고 하는데, 한마디로 흙을 반죽하는 일이다. 입자가 고르지 않고 기포가 많은 흙으로 뚝배기를 빚으면 가마 속에서 모양이 일그러지거나 터질 수 있다. 그런 만큼 토련은 굉장히 중요한 과정이다.

토련할 때는 흙을 둥글려 가며 손으로 누르거나 발로 꼼꼼하게 밟아 펴고 모으기를 반복한다. 공장에는 토련기라는 기계가 있다. 토련기에 넣은 흙은 거대한 가래떡 모양으로 뽑혀 나온다. 그것을 흙 자르는 기계로 옮기면 한석봉 어머니에 빙의한 듯한 기계가 흙 가래떡을 일정하게 잘라 준다. 이 흙덩이는 컨베이어 벨트 위에 줄지어 있는 뚝배기 틀에 넣어야 한다.

성형 작업도 기계의 몫이다. 둥근 볼이 빠른 속도로 돌아가며 흙을 누르면 어느새 틀 모양과 똑같은 뚝배기가 생긴다. 성형이 끝난 뚝배기는 잘 말린 다음 틀에서 분리한다. 그런 다음에는 빙글빙글 돌아가는 회전판 위에 올린 채 정형 작업을 한다. 울퉁불퉁하게 튀어나온 부분을 매끈하게 다듬는 일이다. 정형은 반드시 사람의 손길이 필요한 작업이다.

다음 단계부터는 공장마다 조금씩 다르다. 대부분 2차 건조를 한 뒤에 유약을 바르고 굽지만 초벌로 구운 다음에 2차 건조를 하고 유약을 입혀 다시 한 번 굽는 곳도 있다.

유약의 원료와 배합 비율도 공장마다 다르다. 흙이 식재료라면 유약은 양념인 셈이다. 좋은 재료를 준비하는 것은 기본 중의 기본이지만, 양념은 요리를 하는 사람의 취향에 달린 문제다. 단맛을 내는 방법, 매운맛의 강도 등은 같은 요리 사이에도 미묘한 차이를 만들어 낸다. 뚝배기 역시 어떤 유약을 입히느냐에 따라 광택과 질감이 달라진다. 따라서 유약은 뚝배기의 개성을 드러내는 방법이라고 할 수 있다.

흙을 반죽해서 모양을 빚고 말린 다음 가마에 넣

어 굽는 과정은 빵 굽는 것과 비슷하다. 뚝배기를 두 번 건조하는 것처럼 빵도 두 번의 발효 과정을 거치는데, 이때 충분히 발효되지 않으면 빵이 부풀지 않고 심지어 돌처럼 딱딱해지기도 한다.

뚝배기 또한 건조에 있어 더함도 덜함도 없어야 한다. 가마의 온도도 너무 낮거나 높아서는 안 된다. 불순물이 제거되고 단단해지면서도 균열이 많이 생기지 않는 온도여야 한다. 얼마나 잘 말리고, 잘 굽느냐가 뚝배기의 내구성을 좌우한다.

어디서나 흔히 볼 수 있는 뚝배기지만 그것을 만드는 과정은 결코 간단하지 않다. 기계가 절대 할 수 없는 일에는 사람의 손이 필요하다. 어느 단계든 허투루 넘겼다가는 물건이 제대로 완성되지 않는다.

나는 집에 있는 뚝배기를 가끔씩 꺼내서 처음 길들이는 것처럼 쌀뜨물을 넣어 끓이고 말린다. 그럴 때는 정신없이 요리를 할 때와는 달리 뚝배기를 찬찬히 살피게 되는데, 그러다 보면 그 뚝배기에 들어간 흙과 맛집의 비법 같은 유약과 가마 안의 열기 같은 것을 상상하게 된다.

만든 이의 마음을 헤아려 볼 때도 있다. 어떻게 이

런 모양을 생각했을까. 낙관은 왜 여기 찍었을까. 보는 사람은 그냥 지나치기 쉬운 부분들이지만 만드는 사람 입장에서는 어느 것 하나도 대강 정할 수 없다. 여러 날의 고민을 거쳐 최선의 선택을 했을 것이다.

심혈을 기울여 완성한 물건은 쓸수록 티가 난다. 무심코 사용하다가도 그 고심의 흔적을 발견할 때마다 나까지 덩달아 애정이 생긴다. 뚝배기를 귀히 여기게 된다.

밥상 앞에서 느끼는 고마움은 그런 것으로부터 온다. 누군가의 정성으로 탄생한 도구들, 자연의 힘과 인간의 땀이 함께 길러 낸 채소들, 나의 한 끼를 위해 희생된 생명들과 그것들을 키우느라 애쓴 사람들.

자주 잊곤 하지만, 모든 존재는 결국 연결되어 있고 서로 의지하며 살아갈 수밖에 없다는 당연한 사실을 상기하게 된다. 내가 할 일은 모두에게 감사하는 마음으로 이왕이면 맛있게, 그리고 남김없이 먹는 것이다. 그것이 나의 최선이다.

인도에서 맛본 뗌뚝

16년 전 겨울, 나는 홀로 인도에 있었다. 별다른 이유 없이 휴학 중이었고, 대학을 졸업하기 전에 배낭여행을 가보겠다며 몇 달간 돈을 모아 무작정 떠난 것이었다. 비행기도 처음 타는 여행 쪼렙 주제에 어째서 인도를 택했는지 모르겠다.

그때 나는 감정 소모가 심한 연애를 하는 중이었고, 자존감이 곤두박질치고 있었다. 그렇게 괴로우면 그냥 헤어지면 될 것을, 답을 알면서도 어떻게든 마음을 다스리며 만남을 이어가려 애썼다. 그래서 인도에 가겠다고 마음먹었던 것 같다.

명상과 철학의 나라. 가난해도 영혼이 맑은 사람들. 당시 인도의 이미지가 그랬다. 1997년에 출간된 류시화 시인의 책 『하늘 호수로 떠난 여행』 덕분인지 인도는 배낭여행자들의 로망으로 자리 잡았다. 나도 인도에만 가면 무슨 깨달음이라도 얻을 줄 알았다. 그놈의 로망, 그놈의 미련.

여행지를 고르고, 여권을 만들고, 항공권을 끊고, 배낭을 싸기까지 채 한 달도 걸리지 않은 것 같다. 어디에 가서 무엇을 할지 아무런 계획도 없었다. 짐도 단출했다. 필요한 것은 현지에서 조달하자 마음먹고 별다른 준비도 없이 비행기에 올랐다.

인디라 간디 공항에 발을 디디자마자 느낀 것은 이질감이었다. 흰자위가 유독 빛나는 사람들, 여기저기서 들려오는 힌디어, 타들어가는 막대향(요즘은 인센스 스틱이라고 하더라)과 미세한 향신료 냄새가 뒤섞인 공기. 숨을 쉴 때마다 내가 낯선 땅에 있다는 사실을 실감할 수 있었다.

뉴델리의 여행자 거리인 빠하르간지에서 몇 번의 바가지를 쓰고, 유명하다는 성과 시장을 구경하자 하루가 지나갔다. 어딜 가나 엄청난 인파와 릭샤, 오토바이, 자동차, 심지어 소까지 뒤엉켜 정신이 없었다. 무엇보다 참기 힘든 건 소음이었다. 온갖 탈것들이 시도 때도 없이 경적을 울려 댔다. 그게 그곳의 매너라고 했다. 거리가 정비되어 있지 않고 복잡한 탓에 차가 움직일 때마다 부러 소리를 내야 그나마 사고를 막

을 수 있다는데, 길을 걷는 사람에게는 그런 고문이
또 없었다.

나는 뉴델리를 떠나 푸쉬카르라는 작은 도시로 향
했다. 푸쉬카르는 힌두교의 3대 신 중 하나인 브라흐
마를 모시는 사원이 있는 곳이었는데, 성지라는 이유
로 자동차는 물론이고 엔진이 있는 탈것들은 모두 통
행금지라고 했다. 그 말을 듣고 일말의 망설임 없이
기차표를 샀다.

푸쉬카르는 평화로운 곳이었다. 나는 아침마다 같
은 노점에 가서 뜨겁고 달달한 짜이를 한 잔 마시며
처음 만난 사람들과 이야기를 나누었다. 호수를 한 바
퀴 돌고 산책을 하다가 볕이 뜨거운 한낮이 되면 카
페에 가서 책을 읽거나 일기를 썼다. 시원한 나무그늘
아래에 멍하니 앉아 지나가는 사람들을 구경하는 시
간도 많았다.

참 행복했는데, 시간이 지날수록 속이 허전해졌다.
술과 육류 반입이 철저하게 금지된 도시라서 고기는
구경조차 할 수 없었던 탓이다. 이 또한 성지라는 이
유로 정해진 방침이었으니 역시 모든 일에는 일장일
단이 있나 보다. 청각을 되찾은 대신 미각을 내어 줬

다고 해야 할지.

샐러드에 들어 있는 채소는 항상 토마토와 오이, 양파, 콩이 전부였다. 나는 속으로 울분을 터뜨리곤 했다. 고기는 바라지도 않으니 달걀 하나만 먹었으면! 채식이라도 한국에서처럼 다양한 선택지가 있으면 좀 좋을까. 고사리와 무생채, 애호박볶음과 취나물 같은 것이 있다면 밥에 넣고 슥슥 비벼 먹기만 해도 얼마나 맛있을까 이 말이다.

애국심이 고취된 상태로 푸쉬카르를 벗어나 서너 개의 도시를 돌아다녔다. 그러는 동안 나는 가이드북이나 약도도 없이 돌아다닐 만큼 인도의 거리에 익숙해졌다. 생각보다 추운 북인도의 겨울과 카운터에 부탁해야 뜨거운 물을 받을 수 있는 게스트하우스에 적응했다. 메일 제목을 클릭하고 한참이 지나서야 글을 확인할 수 있는, 그 와중에 전기가 나가 버리기도 하는 인터넷 카페에서 카페 주인과 농담을 주고받으며 기다리는 법을 배웠다. 터무니없는 값을 부르는 상인들에게 능글맞게 대꾸하는 여유도 생겼다.

여전히 아쉬운 게 있다면 음식이었다. 인도 음식이 입에 맞지 않았던 건 아니다. 낯선 재료나 조리법,

향신료에 거부감이 없는 터라 극강의 하드코어 메뉴를 제외하고는 맛있게 먹었던 기억이다. 인도식 백반이라고 할 수 있는 탈리, 볶음밥과 비슷한 비리야니, 탄두리 치킨, 버터 난에 질릴 때면 팬케이크나 오믈렛을 먹고 간간이 차이니즈 푸드를 즐기기도 했다. 그래도 종종 한식이 못 견디게 그리웠다.

한 달이 지나고 여행이 끝나갈 무렵, 밤마다 노트에 먹고 싶은 음식을 적었다. 순댓국, 설렁탕, 떡볶이, 물냉면, 곱창구이⋯. 한국에 가면 누구를 만나 어느 식당에 가서 무엇을 시켜 먹을지 구체적인 플랜까지 짰다. 집에 가자마자 돼지고기 김치찌개와 멸치볶음을 먹으리라 다짐하고 국제전화를 걸어 엄마에게 부탁까지 해 뒀다. 살면서 그토록 철저한 계획성과 준비성을 발휘한 적이 또 있었나 싶다.

마지막으로 티베탄 꼴로니에 갔다. 출국을 사흘 앞둔 날이었다. 중국에서 망명한 티베트 사람들이 모여 사는 마을. 이른 아침에 도착한 티베탄 꼴로니는 고요하고 한산했다. 아직 문을 열지 않은 상점들의 셔터에 드문드문 "Tibet will be free"라는 문구가 적혀 있었다.

티베트 음식이 한식과 비슷하다는 정보를 입수하고 오로지 식당 방문을 목적으로 들른 곳이었으나 곧장 숙소를 잡았다. 남은 시간 내내 머무르고 싶을 만큼 그곳이 좋았다. 무뚝뚝한 듯 수줍음이 많은 티베트인들은 성격도 생김새도 한국인과 닮아 있었다. 나는 불교 사원 앞을 지날 때마다 그들을 따라 마니차를 돌렸다. 원통 모양의 마니차에는 경문이 적혀 있었다. 알아볼 수 없는 글자였지만 상관없었다. 마니차를 한 번 돌리면 경전 한 권을 읽는 것이나 마찬가지라고 했다. 빈자도 무식자도 간단한 행위만으로 죄업을 덜어 낼 수 있으니 꽤 공평하고 너그러운 시스템이다.

티베탄 꼴로니는 인도에 대한 인상마저 바꿔 주었다. 정치적 의도가 깔려 있기도 하지만 어쨌거나 인도는 중국의 탄압을 피해 히말라야를 넘은 티베트인들과 달라이라마를 받아들였다. 삶의 비참 앞에서 무심하고 무력하게만 보였던 그들의 불가해한 순리에 대해 다시 한 번 생각하게 됐다고 해야 할까.

티베트 사람들은 라다크와 다람살라를 비롯한 몇몇 지역에 모여 살며 자신들의 말을 쓰고 자신들의 음식을 먹는다. 그 음식들은 나에게도 친숙하게 느껴졌다. 인도식 만두 사모사는 맛있으면서도 묘하게 낯설었는데, 티베트식 만두인 모모는 한국의 만두와 다를 게 없었다. 찐 모모와 튀긴 모모, 고기가 들어간 모모, 감자가 들어간 모모. 너무 귀여워서 쓰면서도 자꾸 발음해 보게 되는 이름이다.

뚝바는 칼국수와 비슷했고, 뗌뚝이라는 음식은 영락없는 수제비였다. 커리와 서양식 브런치, 볶음면만 먹다가 따끈한 뗌뚝 국물을 한 숟가락 삼키자 가슴이 찡해지면서 마음까지 데워지는 느낌이었다. 어쩐지 콧등이 시큰했지만 반가웠던 온기는 얼마 안 가 사라져 버렸다.

인도는 난방 개념이 없는 곳이라 겨울에도 실내 공기가 썰렁했다. 뗌뚝은 금세 식어 버렸고, 나는 미지근한 뗌뚝을 먹으며 어쩔 수 없이 뚝배기를 떠올렸다. 뚝배기에 담겨 있었다면 훨씬 더 맛있었을 텐데.

인사동에 갈 때마다 먹었던 항아리 수제비가 생각났다. 몇 번을 덜어 먹어도 김이 모락모락 올라오는, 너무 뜨거워서 입천장을 델 것만 같은 수제비. 수북하게 올라간 김가루와 넉넉히 뿌린 참깨, 그리고 김치.

그날 밤 차가운 이불 위에 앉아 노트를 펼친 나는

수제비, 라는 글자를 꾹꾹 눌러 쓰다가 결국 눈물을 터뜨리고 말았다. 끝내 일상이 될 수 없는 시간 속에서 헤매는 일이 문득 서러웠다. 집으로 돌아가고 싶었다. 뜨끈뜨끈한 방바닥에 엎드려 귤을 까먹으며 만화책을 보고 싶었다. 엄마가 해 주는 저녁밥을 먹고, 내 몸에 엉덩이를 붙인 채 잠든 개들의 등을 쓰다듬고 싶었다.

여행은 그리움을 삼켜 또 다른 그리움을 낳는 일 같다. 평범한 하루의 기억이 사무쳤던 그날이 가끔은 그리워진다. 나 아닌 누군가에게 한없이 흔들렸던 그 시절의 어리고 여린 마음마저 그리울 때가 있다.

어쩌면 사람은 무언가를 그리워하는 힘으로 살아가는지도 모른다. 언젠가 나는 또 떠날 것이고, 다시 돌아올 것이다. 끊임없이 그리워하기 위해서.

● 나만 맛있을지도 모르는 뚝배기 레시피(2)

황태콩나물국

콩나물국은 쉬운 요리 같지만 맛있게 끓이기가 은근
히 어렵다. 재료가 단순할수록 맛을 내기 까다로운
탓이다. 그래서 나는 콩나물국에 황태를 더하곤 하
는데, 그렇게 하면 깊고 진한 맛이 난다.

황태는 들기름에 볶아야 제 맛이다. 무를 나박나박
썰어 황태와 같이 볶아도 좋고, 콩나물과 함께 두부
를 넣어도 잘 어울린다. 이런 재료들을 더하려면 육
수도 좀 더 넣어 주는 게 좋다.

육수를 만들기 귀찮으면 쌀뜨물도 좋다. 멸치다시마
육수가 감칠맛이라면 쌀뜨물은 구수한 맛이다. 가장
좋은 방법은 쌀뜨물에 멸치다시마육수를 우리는 것
이지만, 나는 그때그때 준비하기 편한 쪽으로 한다.

황태콩나물국의 화룡점정은 달걀이다. 달걀을 넣으
면 부드러운 맛이 배가되고 영양가도 높아진다. 달
걀은 미리 풀었다가 휙 둘러 넣어도 좋고, 라면을 끓
일 때처럼 마지막에 넣어도 먹음직스럽다. 달걀노른
자 위에 김가루를 뿌리면 금상첨화! 나는 얼큰한 맛
을 좋아해서 고춧가루나 청양고추를 넣기도 한다.

무와 두부까지 더하면 밖에서 사 먹는 해장국이 부럽지 않다. 단, 식당표 해장국과 더욱 가까운 맛을 원한다면 간은 좀 더 세게 해야 한다. MSG의 도움을 살짝 받아도 괜찮다.

재료(2~3인 분량)

멸치다시마육수 3컵, 황태채 1컵, 콩나물 200그램(두 줌 정도), 대파(10센티) 1토막, 홍고추 1/2개, 들기름 1큰술, 다진 마늘 1큰술, 국간장 1큰술, 새우젓 약간

육수

국멸치 10개, 자른 다시마 2조각, 물 5컵

1. 냄비에 육수 재료를 넣어 끓이다 육수가 끓으면 다시마를 뺀 다음 약불로 줄이고 양이 절반 정도 줄어들 때까지 끓인다.
2. 황태채는 물에 잠시 담가 불린 다음 물기를 짜내고 한입 크기로 자른다.
3. 콩나물은 흐르는 물에 씻고 대파와 홍고추는 송송 썬다.
4. 뚝배기에 들기름과 황태채를 넣어 약불에 볶다가 멸치다시마육수를 붓는다.
5. 콩나물, 다진 마늘, 국간장을 넣고 끓이다가 국이 끓어오르면 대파와 홍고추를 넣는다.
6. 부족한 간은 새우젓으로 맞춘 다음 한소끔 더 끓인다.

고등어무조림

예전에는 생선조림에 있는 무를 정말 싫어했다. 단단하지도, 부드럽지도 않은 살캉살캉한 식감이 마음에 들지 않았다. 항상 엄마에게 무 대신 감자를 넣어줄 것을 요구했으나 생선조림에 들어가는 재료는 내취향이 아닌 그날그날의 상황에 따라 결정되었다. 무가 싼 계절에는 무로, 감자가 싼 계절에는 감자로. 크고 보니 엄마가 왜 고등어조림에 무를 넣었는지 알 것 같다. 두툼한 무에 고등어의 감칠맛과 매콤한 양념이 배어들면 무 자체의 달콤한 맛과 어우러져 최고의 반찬이 된다. 지금은 고등어조림을 하면 고등어가 아닌 무를 먼저 먹는다. 고등어는 조연일 뿐, 무를 먹기 위한 요리라고 할 수 있다. 다만 여름에는 무가 맛이 없어서 무 대신 햇감자를 쓴다.

무는 무조건 두툼하게 썰어 넣는다. 얇으면 맛을 느끼기도 어렵고 요리 과정이나 먹는 중에 잘 부서지기 때문이다. 두툼한 무는 잘 익지 않으므로 고등어를 넣기 전에 양념 절반과 함께 미리 끓여야 한다.

고등어조림은 우리 엄마의 무기라고 할 수 있는 반찬인데 나는 내 식대로 만든다. 엄마표 고등어조림은 아무래도 더 깊은 맛이 나지만, 명확한 레시피가 없으니 내가 범접할 수 없는 영역 같다. 나는 아직도 계량 스푼과 계량 컵을 사용해야 안심이 된다. 눈대중, 손대중으로도 기막히게 맛을 내는 고수들의 경지에는 언제쯤 다다를 수 있을지.

재료(2~3인 분량)

쌀뜨물 4컵, 고등어(생물) 1마리, 무 1/4개(400그램), 양파 1/2개, 대파(10센티) 1토막, 청양고추 1개, 홍고추 1개

양념

다진 마늘 2큰술, 고춧가루 2큰술, 고추장 1큰술, 진간장 3큰술, 액젓 2큰술, 맛술 2큰술, 설탕 1큰술, 참기름 1작은술

1. 양념 재료는 모두 섞어서 냉장고에 넣어 둔다.
2. 고등어는 쌀뜨물 2컵에 30분 정도 담갔다가 흐르는 물에 씻는다.
3. 무는 두툼하게, 양파는 채 썰고 대파와 고추는 어슷 썬다.
4. 뚝배기에 무를 깔고 쌀뜨물 2컵, 섞어 둔 양념의 절반을 넣은 뒤 중불에서 15~20분 끓인다.
5. 무가 어느 정도 익으면 고등어와 남은 양념, 양파를 올리고 강불에서 한소끔 끓인다.
6. 중불로 줄이고 대파와 고추를 올린 다음 국물을 끼얹어 가며 자작해질 때까지 조린다.

돼지고기묵은지찌개

맛있는 묵은지는 돈 주고 사기도 어려운 음식이다. 묵은지가 생기면 나는 바로 찌개를 끓인다. 꽁치, 참치, 햄과 소시지, 등뼈… 무엇을 넣어도 맛있지만 역시 묵은지찌개에는 기름이 붙은 앞다리살이나 목살이 가장 어울린다.

내가 생각하는 고기와 묵은지의 황금비율은 1대 1.5이다. 솔직히 말하면 같은 비율로 넣을 때도 있다. 언뜻 봐서는 고기찌개인지 김치찌개인지 헷갈릴 정도여야 한다. 고기는 먹음직스럽게 뭉텅뭉텅 썬다. 물도 많이 넣지 않는데, 바특한 찌개를 좋아하기 때문이다. 거기에 두부를 넣으면 진한 국물 맛이 스미면서 고기와 묵은지, 두부가 환상의 조화를 이룬다. 돼지고기묵은지찌개를 끓이는 날은 막걸리를 마시는 날이기도 하다. 술이 쭉쭉 들어가는 최고의 안주라고나 할까. 다음 날 먹으면 더 맛있는데, 요리한 첫날에도 오랫동안 푹 끓이면 맛이 훨씬 좋아진다.

묵은지찌개에는 별다른 양념이 필요 없다. 묵은지를 썰어 넣을 때 함께 들어가는 국물이면 충분하다. 들기름에 볶으면 맛과 향이 더 우러난다. 빼먹으면 안되는 재료는 설탕이다. 묵은지의 강한 신맛을 잡으려면 설탕이 꼭 필요하다.

묵은지가 아닌 그냥 김치를 넣을 때는 액젓을 조금 추가해 보기를 권한다. 좀 더 폭 익은 김치의 맛이 난다. 고춧가루는 취향에 따라 조절하면 되는데 나는 칼칼한 맛을 좋아해서 한 큰술 정도 넣는다.

재료(2~3인 분량)
묵은지 1/2포기(450그램), 돼지고기(앞다리살 또는 목살) 1/2근 (300그램), 두부 1/2모, 양파 1/2개, 대파(10센티) 1대, 쌀뜨물 (또는 물) 2.5컵, 들기름 2큰술, 설탕 1큰술, 다진 마늘 1큰술, 고춧가루 1/2~1큰술, 액젓 1큰술

1. 묵은지와 돼지고기는 먹기 편한 크기로 썰고, 두부는 두툼하게 썬다.
2. 양파는 채 썰고 대파는 어슷썰기 한다.
3. 뚝배기에 묵은지와 들기름, 설탕을 넣어 달달 볶는다.
4. 돼지고기와 쌀뜨물, 양파, 다진 마늘, 고춧가루, 액젓을 넣고 강불에 끓인다.
5. 찌개가 끓어오르면 간을 보고 신맛이 강하면 설탕을 조금 더 넣는다.
6. 두부와 대파를 넣고 약불로 줄여 한소끔 더 끓인다.

뚝배기 요정의 꿈

"즐겁게 일하실 분. 용모 단정."

휴학 후 아르바이트 자리를 구하기 위해 대학가를 헤매던 나는 용모 단정이라는 말이 그저 단정한 외모를 뜻하는 줄 알았다. 구인 전단지의 내용은 어디나 비슷했다. 거절 멘트도 거의 같았다. 사람을 구했다면서 전단지는 왜 계속 붙여 놓는지.

연달아 세 번의 거절을 당한 뒤에야 나의 물음표는 느낌표로 바뀌었다. 그들이 원하는 단정함이란 흐트러짐 없는 차림새 같은 것이 아니라는 사실을 뒤늦게 깨달은 것이다. 그것도 모르고 눈치 없이 들어갔으니 그들도 나름대로 곤란했으리라.

아무리 그래도 마지막에 들어간 카페는 너무했다. 나를 위아래로 훑어보던 사장은 의미심장한 미소를 띠더니 큰 소리로 누군가를 불렀다.

"여기 좀 와 봐라! 일한다는 학생 왔어!"

앞치마 차림으로 후다닥 뛰어온 훈남 알바생은 나를 한 번 쳐다보고 사장과 눈빛을 주고받았다(여기서 잠깐의 정적). 그러고는 이렇게 말했다.

"저희가 어제 사람을 구했어요. 같이 일하면 좋은데 죄송해요."

처음부터 그렇게 말했다면 씁쓸할지언정 서글프진 않았을 것이다. 이미 사람을 구했다고 말할 거면 사장은 왜 다른 사람까지 불러가며 나를 두 번 죽였을까. 내 얼굴을 채점할 심사위원이 한 명 더 필요했던 것일까, 아니면 채용 불가라는 자신의 판단을 다시 한번 확인받고 싶었던 것일까.

나중에 연락을 주겠다고 했다면 덜 속상했을 것이다. 연락할 생각은 전혀 없었겠지만 적어도 거짓말을 숨기려는 행동이기 때문이다. 그 카페에서 나를 비참하게 만든 것은 대놓고 거짓말을 하면서 그 사실을 감추려는 기미조차 보이지 않는 그들의 태도였다. 나는 그들에게 있어 그런 일말의 노력도 할 필요가 없는 대상이구나, 하는 자각.

하긴 가게에 예쁘고 잘생긴 사람을 세워 두면 주위 학생들이 얼마나 자주 올 것이며 매출은 또 얼마나

오르겠나. 최소한의 배려도 하지 않는 사람을 최대한 이해하려는 내가 바보 같다는 생각을 하면서도 나는 이런저런 이유를 떠올려 보았다.

그날 집으로 돌아오는 버스 안에서 몇 번인가 눈물을 훔쳤다. 돈벌이가 필요했으나 추위에 시린 손을 비벼가며 몇 시간을 돌아다녔음에도 일은 구하지 못했다. 외모를 기준으로 사람을 채용하는 행태에 화가 나면서도 한편으로는 그 기준에 미치지 못하는 나에게 화가 났다. 미모가 재산이라든지 예쁜 게 착한 것이라는 말이 아무렇지 않게 통용되는 세상에 분개했지만 막상 그런 일을 당하자 분노보다 큰 무력감이 찾아왔다. 나라는 존재가 한없이 작게만 느껴졌다.

늘 하던 대로 과외 자리를 구해 볼까 하다가 그만두었다. 나에게 맞지 않는 일이었고 솔직히 말하면 한 아이의 성적을 책임질 능력과 의지가 부족했다. 과외에 얽힌 에피소드는 파란만장하기가 거의 재난 영화급인데, 아무튼 결론은 다시 그 일을 할 자신이 없다는 것이었다.

결국 나는 집 근처 번화가에 있는 대형 분식점에 들어갔다. 오전 9시 반에 시작해서 오후 5시 반경에 끝나는 일이었다. 가게에 도착하면 바로 유니폼을 갈아입고 수저와 물컵을 정리했다. 그날그날 밑반찬을 조리하는 주방 이모들을 돕기도 했다. 주 업무는 메뉴를 주문받아 전달하고 음식을 내가며 테이블을 치우는 것이었다.

다 함께 아침을 먹고 11시쯤 문을 열면 금방 사람들이 들이닥쳤다. 12시부터 2시까지는 제정신이 아닐 만큼 분주했다. 3시가 되어야 직원들이 돌아가면서 점심을 먹을 만한 여유가 생겼다.

피크타임에는 테이블을 치우기도 전에 손님들이 들어와 앉았다. 뚝배기가 있는 테이블 정리는 피하고 싶었지만 눈에 띄는 대로 치우지 않으면 일이 금세 밀렸기 때문에 쉴 새 없이 뚝배기를 나를 수밖에 없었다. 종일 빈 뚝배기들을 쌓아 나르고 집에 돌아오면 팔뚝이 사정없이 떨렸다.

그래도 몸을 쓰는 일이 싫지 않았다. 일이 끝나는 순간 그 일에 대한 생각도 끝난다는 점이 무엇보다 마음에 들었다. 완벽 적응하여 한 손에 뚝배기 삼층석탑을 거뜬히 들어 옮기는 뚝배기 요정이 되리라 결심했다. 미니시리즈에 등장하는 캔디형 여주인공처럼 씩

씩하게 일하고, 같이 일하는 사람들과 우정을 나누고 (우연히 괜찮은 남자도 만나고, 그 남자가 평범한 나를 좋아하고)…. 뭐, 그런 얼토당토않은 망상도 해 보았다.

현실의 전개는 당연히 드라마와 달랐다. 세상에 별난 사람이 그렇게 많은 줄은 미처 몰랐다. 잘못 들어간 주문이나 부족한 음식과 서비스에 대한 손님들의 항의는 견딜 만했다. 그것이 나의 잘못이든 아니든 그들과 대면하고 불만을 듣는 것 또한 서빙하는 사람의 업무였으니 어느 정도는 받아들였다. 다만 그 정도가 지나쳐 갑질이 되고, 갑질을 넘어 지랄이 되면 같이 지랄하고 싶은 충동이 솟구쳤다.

주방 이모 한 명에게 구박까지 받아야 했다. 점심도 아니고 가게 문을 열기 전에 먹는 아침인데 밥 먹는 속도가 느리다고 타박, 남들 다 하는 실수도 내가 한 번 하면 못한다고 비난, 대답을 잘하든 못하든 온갖 짜증에 가끔은 이유 없는 화풀이까지. 구박이라고밖에 달리 표현할 말이 없었다. 가끔 보는 진상보다 매일 보는 화상이 무섭다고, 몇 개월이 지나자 멘탈에 금이 가기 시작했다.

뚝배기를 나르다가 보기 좋게 나자빠진 어느 날,

내 심정만큼이나 복잡한 사람들의 시선을 느꼈다. 대개의 무관심과 약간의 안타까움. 나서서 도와줄 수도 없고 아예 외면하기도 괜히 미안한 기분. 그런 마음 불편한 장면을 연출한 알바생의 부주의에 치미는 짜증과 불쾌감. 벌건 찌개 국물과 음식물 찌꺼기가 흩어진 바닥에 엎어진 급박한 상황에서 나는 거창하게도 세상의 불친절함에 대해 생각했다.

학교에서는 언제나 나쁘지 않은 대접을 받았다. 어른들은 공부 잘하는 학생에게 험한 말을 하지 않았다. 생김새와 차림새, 학벌, 직업 같은 이유로 사람을 함부로 대하지 않는 것은 아무 이유 없이 사람을 함부로 대하는 것만큼이나 이상한 일이지만, 그런 일들은 언제나 있어 왔다. 외모라는 채용 기준을 문제 삼았으면서 나 또한 성적으로 얻을 수 있는 부당한 이익을 거리낌 없이 누렸다. 불리한 것은 비판하고 유리한 것에는 침묵하는 얄팍한 인간이었던 셈이다.

아무것에도 기대지 않은 나는 보잘것없었다. 어쩌다 날아오는 쌍욕, 화를 장착한 눈빛, 언제든 하대할 준비가 되어 있는 자세. 식당을 그만둔 뒤에도 자격 시험장, 편의점과 카페, 백화점에 이르기까지 다양한 일을 했지만 그런 사람들에게는 역시 익숙해지지 않았다.

그러다가 대학을 졸업할 즈음 학원 강사로 일했다. 특목고를 꿈꾸는 아이들에게 일찌감치 고난도 수학을 가르치는 학원이었다. 일대일로 지도하는 과외와 달리 다수를 이끄는 일은 내 적성에 맞는 편이었다. 학부모들은 나를 무례하게 대하지 않았다. 무작정 반말을 하거나 화가 난다고 해서 물건을 집어 던지지도 않았다. 신기한 일이었다.

서는 곳이 바뀌면 풍경이 달라진다고들 한다. 서는 곳이 바뀌면 대우도 달라진다. 내가 백화점 매장에 서 있을 때와 학원 강단에 서 있을 때 나를 대하는 사람들의 태도는 완전히 달랐다. 그 사이에 달라진 것이라고는 내가 서 있는 자리뿐이었다. 물리적 위치가 곧 사회적 위치였다. 그러니 나의 결론도 틀린 것은 아니리라.

나는 공손한 학부모와 진상 고객이 모두 다른 사람이라고 생각하지 않는다. 가지런히 모은 손이 뺨을 후려치는 손일 수도 있음을 알기에 내가 만났던 사람들 사이의 간극은 더욱 아득하다.

부엌에서 뚝배기 요리를 할 때면 가끔씩 그날이 떠오른다. 유난히 묵직했던 뚝배기의 무게와 피사의 사탑처럼 기울어지던 뚝배기 탑, 깨져 버린 뚝배기들과 함께 산산조각 난 뚝배기 요정의 꿈. 한동안 뚝배기를 쳐다보기도 싫었는데 십 년도 더 지나 이렇게 열심히 쓰게 될 줄은 몰랐다. 첫 아르바이트를 앞두고 별별 기대를 다 했던 그 시절의 풋풋한 내가 우습지만, 여전히 뚝배기와 비교도 되지 않는 삶의 무게를 견디며 일하는 사람들이 있을 것이기에 마냥 웃을 수가 없다.

어느 곳에 서 있든지 귀한 사람이다. 상대에 따라 순식간에 자세를 달리하는 인간의 본능은 말 그대로 본능인지라 추악하면서도 자연스럽다. 단지 우리가 본능만으로 사는 동물은 아니라는 점을 기억하기만 바랄 뿐이다. 나도, 당신도.

변하는 것, 변하지 않는 것

　서른이 되면 어찌 사나 싶은 때도 있었는데 마흔
이 되었다. 세월에도 가속도가 붙는지 점점 더 급하
게 나이를 먹어서 가끔은 체기를 느낀다. 신체의 노화
속도에 비해 마음은 참 더디게 움직인다. 나는 달라진
게 없는 것 같지만 내 몸은 분명 변하고 있으니 그 괴
리를 소화하기가 어려운 것이다.

　얼마 전 문득 내 나이를 실감했다. 아이가 이끄는
대로 종아리 높이의 바위에 올라가 뛰어내렸는데 무
릎이 얼마나 아프던지. 계단을 두 칸씩 오르내리던 나
는 아득한 계단 앞에서 한숨을 쉬는 엄마의 심정을 이
해하게 되었다. 눈길 위를 어기적거리며 걷고, 버스에
서 내릴 때마다 조심조심 발을 디딘다. 뇌가 힘이 달
리는지 기억력이 급감하고 있으며, 위의 기능도 떨어
져서 욕심껏 먹으면 속이 거북하다. 자극적인 음식도
부담스럽다.

자연스레 입맛도 변했다. 그리 좋아하지도 않고 찾지도 않았던 음식들을 일부러 사 먹거나 직접 해 먹는다. 찹쌀을 불려 약밥을 만들고, 체에 내린 쌀가루에 호박을 넣어 설기를 찐다. 멍게는 비린 맛으로 먹고, 여주와 씀바귀의 씁쓸한 맛도 즐긴다.

특히 좋아하게 된 음식은 청국장이다. 두 해 전에 처음 내 손으로 청국장을 샀는데, 어찌나 맛있던지 일주일이 멀다 하고 끓였던 기억이 난다.

청국장은 특히 뚝배기와 어울리는 음식이다. 김치찌개는 양은 냄비에 끓여도 어울리고, 된장찌개는 넓은 그릇에 담아도 어색하지 않지만, 뚝배기 아닌 곳에 담긴 청국장은 상상할 수 없다. 자그마한 뚝배기에 네모지게 자른 두부와 묵은지, 송송 썬 풋고추와 홍고추가 담뿍 담겨 있어야 청국장스럽다.

뚝배기는 숨 쉬는 그릇이다. 흙으로 뚝배기를 빚은 후 1200도가 넘는 고온의 가마에 넣어 구우면 그 과정에서 흙 속의 여러 가지 물질에 함유된 수분이 날아간다. 수분이 빠져나간 자리에는 눈에 보이지 않는 아주 미세한 구멍이 생긴다. 이 기공으로 뚝배기 안팎의 공기가 드나들기 때문에 숨을 쉰다고 하는 것이다.

사질이 많이 함유된 흙일수록 구멍은 더 많이 생겨난다. 통기성이 좋은 그릇은 음식의 부패를 막고 발효를 돕는다. 옹기를 장독으로 쓰는 것도 이런 까닭이다. 장마철에 만든 독은 고온에 구워도 습기가 남아 장맛이 금방 변하곤 해서 옛사람들은 계절까지 고려하며 신중하게 독을 장만했다고 한다. 냉장고도 없는 시대에 장이 상하면 큰일이니 독의 역할이 중요했던 것이다.

청국장은 된장과 달리 오래 둘 필요 없이 금방 만들어 먹는 이른바 '속성 발효' 음식이라 엄밀히 말하면 용기가 별로 중요하지 않지만, 비주얼만큼은 뚝배기와 찰떡이다. 뚝배기에 담겨 있어야 훨씬 맛깔스러워 보인다고 할까?

나는 고기가 좀 들어가서 국물이 진하고 바특한 청국장을 좋아한다. 원래 청국장은 되게 끓여야 한다. 국물이 너무 맑거나 많으면 제 맛이 안 난다. 사람 따라 입맛 따라 다르겠지만, 나는 다진 마늘과 된장, 고춧가루도 한 숟가락씩 넣어 끓인다. 그렇게 하면 슴슴한 가운데 감칠맛이 돈다. 여기에 부추를 더해도 좋고, 달래를 더해도 좋다. 애호박이나 버섯을 넣어도 어울린다.

뜨끈뜨끈한 청국장을 한 입 먹으면 구수한 콩이 씹히고, 부드러운 두부와 아삭한 김치의 식감이 어우러진다. 밥그릇을 비운 뒤에도 담백한 맛에 자꾸 떠먹곤 하는데, 그러다 보면 자기도 모르게 밥을 가져와 식사를 다시 시작하게 되니 조심해야 한다. 무한 리플레이를 부르는 음식이므로 체중 조절이 필요한 자에게는 위험할 수 있다.

이렇게 맛있는 걸 예전에는 왜 좋아하지 않았는지 모르겠다. 어릴 때는 집에서 청국장 냄새가 나면 미간에 힘을 줬다. 냄새 난다고 창문을 열어 대며 호들갑이었으니(그렇다고 안 먹은 건 아니고 먹으면서 유난을 떨었다) 엄마 아빠는 딸 눈치에 청국장 두 번 먹고 싶어도 한 번 먹으며 참았을 거다.

변한 게 입맛뿐이랴. 그때는 몰랐다. 혼자 살 줄 알았던 내가 결혼을 하고, 애들이라면 질색하던 내가 아이를 낳아 키우고, 여행을 좋아하던 내가 집순이의 일상을 즐기게 될 줄은. 어린 시절의 나는 일기 쓰기를 가장 지겨워했는데 지금은 글을 쓰며 먹고산다.

사는 동안 언제나 상상하지 않았거나 예상하지 못

했던 일들이 생겼다. 생각이 달라져서 직접 감행한 일도 있고, 어쩌다 벌어진 일로 인해서 생각이 달라지기도 했다. 어떤 일이든 생각했던 것만큼 나쁘지만은 않았다.

음식은 시간과 함께 숙성되지만 사람은 나이에 비례해서 성숙해지지 않는다. 스무 살의 나보다 마흔의 내가 무언가를 더 많이 알거나 깊이 아는 것 같지는 않다. 다만 한 가지 알게 된 것이 있다면 생각은 자주, 그리고 쉽게 변한다는 것이다. 청국장의 맛을 왜 여태껏 몰랐을까 싶지만, 언제 또 이 냄새에 질리게 될지알 수 없다.

때문에 나는 아주 눈곱만큼 너그러워졌다. 이해할 수 없는 사람을 단박에 이해할 수 있게 된 것은 아니지만 나 또한 10년 전, 아니 며칠 전에도 지금 이 순간과 다르게 생각하고 행동했다는 점을 떠올려 보면 굳었던 마음이 약간은 풀어진다. 쉰 살의 나는 지금의 나를 이해하지 못할지 모른다. 나 자신도 그럴진대 하물며 남에게 나를 이해시키기란 얼마나 어려울지.

나의 생각도, 남의 생각도 변하고 또 변한다. 모든 것은 변한다는 것만이 영영 변하지 않는 사실이다. 내가 할 수 있는 일은 별로 없다. 옛날을 후회하지 않고 앞날을 걱정하지 않으며 오늘날을 사랑하는 수밖에. 그래서 청국장을 끓이는 날마다 그 쿰쿰한 맛을 마음 껏 음미하고 있다. 밥 두 공기와 함께.

뚝배기 풋고추와 농활의 기억

대학 시절 4년 내내 여름 농활을 갔다. 지금은 어떤지 모르겠지만 당시 농활은 한총련이 주최하는 행사였다. 자연히 학생회에 소속되거나 그와 가까운 이들이 주로 참여했고, 모든 과정에 있어 운동권의 향기가 물씬 풍겼다.

나는 색깔을 떠나 그냥 무지한 신입생이었다. 농활이 '농촌봉사활동'이 아닌 '농민학생연대활동'이라는 것도 처음 알았지만, 어느 쪽이든 상관없이 무조건 가고 싶었다. 농촌에 대한 막연한 동경 때문이었다.

일가친척 중에서 시골 거주자가 단 한 명도 없던 나는 방학마다 시골 할머니 댁에 가는 친구들이 정말 부러웠다. 철없는 내 말에 선배들은 '낭만 농활'이라며 놀렸지만 그 이상의 비판도, 비난도 하지 않았다. 아무튼 나는 21세기 초반 학번이었고, 소위 '나이키 신고 반미 시위하는' 모습을 그리 별스럽게 보지 않는 세대였다.

첫 농활에서 힘들었던 건 농사일이 아니라 생경한 규율들이었다. 파리가 떼 지어 날아다니던 마을회관, 열악을 넘어 경악에 가까운 푸세식 화장실과 대나무 발을 걸어서 만든 간이 샤워실도 낭만의 파편쯤으로 여기며 아무렇지 않게 받아들일 수 있었지만, 벽에 등을 대면 안 된다거나 휴식 시간에도 눕지 말라는 규칙들은 이해하기 어려웠다. 하루 일과의 마무리였던 총화는 새벽까지 이어지기 일쑤였다. 잠이라도 제때 자면 괜찮았을 텐데 몇 시간 눈을 붙이고 나서 다시 일하러 가야 했다.

스무 명 남짓한 농활 대원들은 엄격한 규율과 수면 부족, 일찍이 경험한 적 없는 단체 생활에 조금씩 예민해져 갔다. 함께 고생하면서 끈끈한 사이가 되기도 했지만, 크고 작은 갈등도 생겼다. 몇몇은 고된 일정에 앓아눕기도 했다. 열흘이 한 달처럼 느껴졌다.

그럼에도 불구하고 나는 여름이 되면 중독된 것처럼 농활을 떠났다. 농촌이 좋았다. 시골에서 자란 친구들은 막상 살아 보면 생각이 바뀔 거라고 했다. 맞는 말이었다. 일상이었으면 불편했을 모든 것들이 나에게는 감히 추억이 되었다. 거주지로서의 농촌, 생업으로서의 농사가 아니라 열흘짜리 단기 체험이기에 가능했던 일이다.

그곳은 자연과 가까웠다. 낮은 낮다웠고, 밤은 밤다웠다. 누구도 그 흐름을 거스르지 않았다. 해가 떠 있는 동안 일하다가 해가 지면 집으로 돌아갔다. 그 후에는 온통 어둠뿐이었고, 다음 날이면 일출과 함께 또 하루가 시작됐다.

무엇 하나 예외 없이 무성하게 자랐다. 오이 모종을 심고, 깻대를 뽑고, 새끼돼지를 들어 나르고, 소 여물통을 닦고, 자두와 천도복숭아를 따는 일들은 생명 있는 것들의 기운을 가까이에서 느낄 수 있는 원초적인 노동이었다.

농사는 자본과 노동력 대비 수익이 현저히 떨어지는 일이다. 환산 가능한 돈의 양에 따라 값어치가 매겨지는 세상에서 값진 일로 취급받기는 어렵지만, 그 일을 가치 없다 말할 수 없다. 땅에서 생산되는 것이 없으면 아무도 살 수 없는 까닭이다. 생태계에서나 인간사회에서나 소비자이기만 했던 나는 그 일에 손톱만큼이나마 가담하고 있다는 게 좋았다. 쓰고, 사고,

또 쓰는 생활에 대한 간편하고 이기적인 속죄 의식이 었는지도 모른다.

농활 대원들은 아침마다 조별로 흩어져 자두 농장 이나 오이 밭, 양파 하우스, 돼지 축사로 향했다. 나는 산중턱에 있는 밭에 갈 때가 많았다. 거기에서 일하다 보면 여지없이 산비둘기가 울었다. 가축이나 사람의 살갗을 찢고 피를 빨아먹는다는 쇠파리가 날아다닐 때마다 나는 겁이 나서 몸을 움츠렸다.

한여름의 땅은 해가 뜨자마자 무섭게 달아올랐다. 위아래로 땡볕과 지열에 눌려서 정신을 못 차리겠다 싶을 때쯤 기가 막힌 타이밍으로 새참이 나왔다.

지금껏 풀어놓은 사연은 사실 새참 이야기를 하기 위한 것이나 다름없다. 죄다 맛있었지만 그중에서도 기억에 남는 새참을 꼽아 보자면 우선 자두가 있다.

내가 갔던 마을에서는 자두 농사를 많이 지었다. 제주도에서 귤 보듯 어느 곳에서나 자두를 볼 수 있었 다. 저녁 식사 시간이 끝나고 마을 어르신들에게 인사 를 드리러 가면 언제나 커다란 양푼에 자두를 산처럼 담아서 주셨다. 그 옆집에서도, 또 옆집에서도 주시니 나중에는 마을회관 부엌에 있는 소쿠리마다 자두가 그득했다.

밤마다 물릴 만큼 먹었는데도 새참으로 나오는 자두가 그렇게 맛있었다. 목이 마르다 못해 입술마저 쪼그라들 때, 차가운 자두를 한입 베어 물면 새콤하고 달콤한 과즙이 터져 나왔다. 한 개만 먹으려 했다가도 서너 개를 연달아 먹게 되는 맛이었다.

자두만큼 자주 먹었던 새참은 간장국수다. 간장국수는 맛도 맛이지만 양이 엄청났다. 우리 농활대 규율 중에는 마을 어르신이 주신 음식을 남기지 말자는 항목이 있었는데, 고봉밥처럼 그릇 위로 솟아 있는 국수를 보고 있으면 '이건 불가능해!'라는 생각이 들었다. 그럼에도 그걸 다 먹어 치웠다. 돌도 씹어 먹을 나이의 위대(胃大)한 식성이란.

마을 어르신 중에서도 특히 연세가 많은 할머니들이 만들어 주셨던 그 국수를 생각하면 지금도 입안에 침이 고인다. 할머니들은 삶은 소면을 냉면 그릇에 넘칠 만큼 담았다. 송송 썬 파와 통깨가 들어간 간장 양념은 각자 입맛에 맞게 알아서 넣어 먹었다. 특별한 비법이 있는 것 같지는 않은데, 집에서 똑같이 만들어 먹어 봐도 그때 그 맛은 재현이 안 된다.

가장 잊을 수 없는 건 폭염이 기승을 부리던 날 오이 밭에서 먹은 새참이다. 분지 지형에 자리한 그 지역은 걸핏하면 국내 최고 기온을 찍었다. 그날 나는 오전 내내 지지대를 세우고 그 사이사이에 오이 덩굴이 타고 올라갈 줄을 묶었다. 얼굴이 달아올라서 뜨끈뜨끈했다. 땀이 쉴 새 없이 흘렀고, 입술을 핥을 때마다 혀에 짠맛이 돌았다. 손등에 떨어지는 땀마저 뜨거웠다. 열기를 가득 품은 축축한 공기에 몸이 서서히 익어가는 느낌이었다.

시간이 빨리 가기만을 기도하고 있는데 멀리서 새참을 가져오는 어머니(우리는 엄마 또래 어른들을 이렇게 불렀다)가 보였다. 어머니는 옆구리에 끼고 있던 소쿠리를 밭둑에 내려놓았다. 스뎅(스테인리스라고 해야 맞지만, 그 말과는 영 어울리지 않는다. 이건 번쩍거리지 않으면서 어두운 빛깔의 바로 그 '스뎅'이다) 그릇에는 식은 밥이 가득했고, 플라스틱 반찬통 몇 개와 커다란 물통이 있었다.

손잡이가 없는 넓적한 뚝배기에 담겨 있는 풋고추들은 반들반들 윤이 났다. 뚝배기는 찌개를 끓일 때나 쓰는 것인 줄 알았는데, 모양도 크기도 제각각인 풋고추들이 낡은 뚝배기와 얼마나 어울리던지.

항상 먹던 대로 가져왔다며 쑥스러운 듯 웃으시던 어머니는 포개 놓았던 스뎅 그릇 세 개에 밥을 나눠 담고 살얼음이 깔린 보리차를 부어 주셨다. 찰랑이는 물 위로 쏟아지던 햇빛. 목이 타들어가는 내 눈에는 그야말로 눈부신 광경이었다.

물에 만 밥을 한술 떠서 넘기자, 이가 시리도록 차가운 보리차가 목구멍을 타고 내려가며 몸 구석구석에 스미는 것 같았다. 순식간에 활기가 도는 기분이었다. 아삭한 풋고추를 구수한 된장에 찍어 한 입 더하면 진정 이 세상 조화가 아니었다. 단짠의 극치인 멸치볶음도 보리차에 만 밥과 기가 막히게 어울렸다.

모두들 말 한마디 없이 부지런히 손을 놀렸다. 그 어떤 산해진미가 나왔다 한들 찌는 듯한 더위 속에서 그토록 맛있게 먹지는 못했을 것이다.

지친 몸과 마음을 위로하는 건 언제나 평범한 음식들이다. 고급 레스토랑에서나 볼 수 있는 그림 같은 메뉴를 소울푸드로 꼽는 사람은 없듯이, 지난 시간을 돌아보면 그저 일상을 채웠던 음식들이 그리워진다. 매끼 별 감정 없이 마주하던 것들. 흙으로 빚은 뚝배기에 아무렇게나 담긴 풋고추처럼 투박하고 무심하지만 자연스러운 밥상.

20년이 지났지만 그날의 음식, 그 맛에 대한 기억은 지금도 생생하다. 그리고 나는 여전히 시골 생활을 동경하고 있다. 틈만 나면 부동산 사이트에 들어가 작은 마당과 손바닥만 한 텃밭이 있는 집을 찾아보곤 한다. 흙바닥에 앉아 금방 딴 풋고추를 맛보는 날을 꿈꾸며 좁은 베란다에 채소를 심는다.

도시를 떠나기에는 상황이 녹록지 않으나 로망은 포기할 수 없다. 새내기였을 때나 지금이나 변함없이 철이 없는 셈이다. 가끔은 한심하지만, 그런 내가 싫지만은 않다.

천국의 육개장

  유난히 아득한 기억들이 있다. 대학을 졸업하고 반 백수로 지내던 몇 해는 지금 돌이켜보면 꿈같기만 하다. 좋아서가 아니라 내가 살아온 다른 날들과 이질 적이어서 그렇다. 분명 현실이었는데, 정말 그랬을까 헷갈릴 만큼 낯선 시간들이었다.

  그때는 하루의 대부분을 홍대 주변에서 보냈다. 나는 이러저러한 단체의 의뢰를 받아 문학 공연을 기 획하고 진행하는 집단에 소속되어 있었는데, 그것이 거의 유일한 돈벌이였다.

  일은 드문드문 들어왔다. 무대 소품을 구입하고 제작하는 비용과 게스트 섭외 비용, 작업실 유지비 등 을 제하고 나면 개개인에게 떨어지는 돈은 별로 없었 다. 투잡이라도 뛰어야 할 상황이었지만 가뭄에 콩 나 고 장마에 해 나듯 들어오는 윤문 아르바이트 말고는 하는 일이 없었다.

돈이 되지 않는 일은 많이 했다. 그중에서도 밴드 활동에 가장 많은 시간과 에너지를 쏟았다. 나는 소닉 유스(Sonic Youth), 픽시스(Pixies), 브리더스(The Breeders), 조이 디비전(Joy Division) 같은 음악을 지향하는 인디밴드에서 베이스를 쳤다. 내 실력은 형편없었지만 다른 멤버들 덕분에 라이브클럽 무대에 자주 설 수 있었다.

우리는 틈만 나면 보컬이 살고 있는 옥탑방에 모여 앉아 곡을 쓰거나 버렸다. 여성 밴드 '치고' 잘한다는 소리는 듣고 싶지 않았다. 다들 돈이 없었지만 합주실 대여료는 어떻게든 마련했다. 돈보다는 체력이 많은 나이였으므로 무거운 악기를 짊어진 채 망원동에서 홍대까지 걸었다. 그래서인지 아니면 그냥 젊어서인지 늘 배가 고팠다.

산울림 소극장 근처에 있는 낡은 김밥 체인점이 우리의 단골 식당이었다. 공연비라도 몇 푼 받은 날에는 대패삼겹살을 먹으러 가기도 했는데, 그런 날은 어쩌다 한 번이었고 보통은 무조건 김밥집이었다.

그곳은 돈이나 시간이 없는 사람들의 천국이었다. 메뉴판은 세상의 모든 음식이 다 있는 것처럼 글자로

빼곡했지만, 우리가 먹는 음식은 언제나 비슷했다. 일반 김밥 한 줄, 떡볶이 혹은 라볶이, 우동 혹은 잔치국수. 누군가의 주머니 사정이 괜찮은 날에는 우선 김밥을 참치나 치즈로 업그레이드했다. 육개장을 추가로 시키는 사치도 부렸다.

육개장은 그 식당에서 나름대로 비싼 메뉴였다. 고급스러움과는 거리가 먼 뚝배기도 물기가 채 마르지 않은 플라스틱 접시들 사이에서는 단연 돋보였다. 부르르 끓고 있는 시뻘건 국물 사이로 부들부들 춤을 추는 달걀을 보면 나도 모르게 침이 넘어갔다. 넷이 함께 먹다 보니 뚝배기는 금세 바닥을 드러냈고, 나는 입술에 남아 있는 육개장 국물을 핥으며 숟가락을 내려놓고는 했다. MSG의 맛이 혀끝에 찡하게 돌았다.

MSG는 단숨에 미각을 사로잡는다. 혀에 닿는 순간 맛이 훅, 하고 휘감겨 오는 느낌이랄까. 그 감칠맛에 중독되면 재료 본연의 맛에는 만족할 수 없게 된다. 천천히 음미할수록 느껴지는 달고 씁쓸하고 시고 알싸한 맛들.

그때 내 생활이 그랬다. 이름만 그럴듯해 보이는 직업과 무대 위의 희열에 취해서 평범한 삶을 우습게 여겼다. 아무도 알아 주지 않는 행복에 만족하기보다는 불행하더라도 거대한 성과를 남기는 편이 낫다고 생각했다. 자칭 타칭 예술가들을 동경했다. 잘나가는 사람들과 술자리라도 할 때면 내가 그들의 세계에 어떤 식으로든 발을 걸치고 있다는 착각에 빠져들었다.

내 실상은 지극히 초라했다. 허황된 꿈 말고는 가진 게 아무것도 없었다. 제대로 이해하지 못하는 책을 읽었고, 글을 쓰겠다고 떠들고 다니면서 쓰지 않았다. 열정도 의지도 없이 시간을 보냈다. 작업실에 있는 낡은 소파에 누워서 담배나 피우며 공상을 즐기는 것이 하루의 가장 큰 일과였다.

좋아하는 일을 하기 위해 현실을 견디는 것이라 믿었지만, 실은 좋아하는 일을 핑계 삼아 현실을 외면하는 중이었다. 나를 기만하는 일은 남을 기만하는 것보다 훨씬 쉬웠다. 어떻게든 되겠지, 생각하면서도 그리 되지 않을 거라는 사실을 알고 있었다. 특별해지려고 애쓸수록 내가 볼품없어 보였다. 잘못 살고 있다는 생각이 들었다. 아주 조금씩 방향이 어긋났을 뿐인데, 어느새 완전히 길을 벗어나 버린 기분이었다.

뒤늦게 찾아와 더욱 민망한 사춘기가 겨우 끝나

갈 무렵에 이력서를 쓰기 시작했다. 운 좋게 취직을 했고, 출퇴근을 하는 일상에 적응했다. 아빠가 세상을 떠난 뒤 홀로 고군분투하던 엄마에게 생활비를 보태기 시작했다. 결혼을 하고 아이를 낳았다. 나와는 맞지 않을 거라고 생각했던 삶에 놀랄 만큼 빠르게, 아무렇지도 않게 익숙해졌다.

나에게 별다른 재능이나 끈기가 없다는 사실을 인정하는 과정은 괴로웠지만, 마음 한구석에는 묘한 해방감이 일었다. 그런 나도 그런대로 나쁘지 않다는 깨달음. 반복되는 일상은 무미한 것 같으면서도 다채로운 맛이 있었다. 잔잔한 수면 위로 빗방울이 떨어지고 눈이 녹아들듯 이따금씩 기쁘거나 슬픈 일들이 찾아왔다가 적당히 지나갔다. 평화로운 권태였고, 내가 감당할 수 있는 만큼의 희로애락들이었다.

과거를 후회하지는 않는다. 일찍 정신을 차리고 돈을 벌기 시작했다면 좀 더 여유 있는 이십 대를 보냈을지 모르겠으나 지금처럼 소소한 감사를 느끼며 살지는 못했을 것 같다. 오히려 누구의 바람과 상관없이 오로지 내가 원하는 대로 살아 봐서 다행이라는 생각이 든다. 성의껏 방황했고 마음껏 불안했기에 미련도 없다.

달뜬 마음으로 홍대 거리를 걸어 다닐 일은 이제 없겠지만, 기회가 된다면 천국의 육개장은 다시 한 번 먹어 보고 싶다. 얼룩처럼 낙서가 적힌 벽 앞에 홀로 앉아서 오래된 기억을 순식간에 깨우는 그 자극적인 맛에 몸서리를 치며 뚝배기를 비울 것이다. 딱 그 시간 동안만 돌아갈 수 없는 옛날을 떠올리며 남몰래 부끄러워하고 조금쯤은 그리워하련다. BGM은 픽시스의 'Where is my mind'로.

● 나만 맛있을지도 모르는 뚝배기 레시피(3)

뚝배기불고기

최소한의 양념으로 만든 불고기에 국물과 당면을 더해서 만든 뚝불. 고기 양이 좀 많다고 느껴진다면 양념에 재운 뒤 절반은 냉동실에 넣고 나중에 한 번 더 만들어 먹어도 된다. 나는 아예 대량으로 불고기를 재운 다음 소분해서 얼려 두고 그때그때 국물과 당면만 추가해서 먹는다.

번거로운 과정을 생략하기 위해 과일은 넣지 않았다. 사과나 배, 키위 등을 갈아서 고기에 미리 발라 두면 육질이 훨씬 연해진다. 믹서를 꺼내고, 과일을 깎아 자르고, 믹서에 돌리고, 믹서를 닦아 내는 과정을 견딜 수 있는 사람은 넣는 것을 추천한다(부지런한 사람에게 부드러운 육질이 있으리니!).

뚝배기불고기는 만들기 어렵지 않지만 당면을 넣는 타이밍이 중요하다. 빨리 넣었다가는 당면이 붇고 국물은 졸아 버린다. 당면은 수분을 엄청나게 흡수하므로 미리 잘 불려 두었다가 요리가 거의 다 되었구나 싶을 때 넣는 것이 좋다.

당면의 양도 잘 조절해야 한다. 당면이 너무 맛있어

서 많이 먹겠다고 왕창 넣었다가 가뭄이 든 연못처럼 바닥이 드러난 뚝배기를 보며 가슴으로 눈물을 흘린 적이 있다. 하여간 이놈의 식탐이 문제다. 당면을 넣을 때는 강한 자제력이 필요함을 잊지 말자.

재료(2~3인 분량)

불고기용 소고기 1근(600그램), 느타리버섯(표고버섯) 1줌, 당면 1줌, 양파(작은 것) 1개, 대파(10센티) 2대, 홍고추 1개, 물 2컵, 자른 다시마 2조각

양념

진간장 8큰술, 맛술 4큰술, 참기름 4큰술, 설탕 4큰술, 다진 마늘 3큰술, 통깨 3큰술, 후추 약간

1. 물 2컵에 다시마를 넣어 30분 이상 우린다.
2. 당면은 미지근한 물에 담가서 30분 이상 불린다.
3. 소고기는 키친타월로 감싸 꾹꾹 눌러가며 핏물을 뺀 다음 양념 재료를 모두 넣고 잠시 둔다.
4. 버섯은 먹기 좋게 찢고 양파는 채 썰고 대파와 홍고추는 어슷 썰기 한다.
5. 뚝배기에 재워 둔 소고기와 버섯, 양파, 다시마 우린 물을 넣고 끓인다.
6. 국물이 끓어오르면 중불로 줄이고 당면, 대파, 홍고추를 넣은 뒤 한소끔 더 끓인다.

닭볶음탕

닭은 언제나 만만하고 든든한 식재료다. 소고기 값
은 늘 비싸고 돼지고기 가격도 오르고만 있는데 닭
고기가 있어 다행이라는 생각이 든다. 구워 먹고, 볶
아 먹고, 튀겨 먹고, 끓여 먹고, 조려 먹고, 우려먹고,
죽까지 쒀 먹으니 밥상 위에서의 그 활약이 참으로
눈부시다. 닭느님이라는 말이 절로 나온다.

닭볶음탕은 진한 닭 육수와 화끈한 매운맛이 어우
러진 대표적인 밥도둑이다. 번거롭더라도 끓는 물에
닭을 한 번 데쳐서 사용하면 훨씬 맛있다. 웬만하면
한 요리에 두 번 물 끓이지 말자는 주의인데, 닭느님
의 희생을 생각하면 그 정도 노동은 할 만한 가치가
있다고 본다.

나는 감자를 전자레인지로 어느 정도 익힌 다음에
넣는다. 오래 끓이면 감자가 너무 뭉개져서 국물이
지저분해지고, 짧게 끓이면 포슬포슬하게 익지 않아
서 고안한 방법인데 나쁘지 않다. 감자의 상태는 닭
볶음탕의 퀄리티를 좌우한다. 완벽하게 익은 감자를
반으로 갈라 매콤한 국물에 찍어 먹는 순간 행복해
지는 기분이다. 먹는 걸로 스트레스를 푼다는 말이
이런 것이구나 싶다.

재료(2~3인 분량)

닭(닭볶음탕용) 1마리, 감자 3개, 양파 1개, 대파(10센티) 1대, 풋고추(또는 청양고추) 1개, 홍고추 1개, 맛술 1큰술, 물 2.5컵

양념

고추장 3큰술, 고춧가루 3큰술, 진간장 3큰술, 다진 마늘 2큰술, 맛술 2큰술, 액젓 1큰술, 설탕 2큰술, 후추 약간

1. 양념 재료는 모두 섞는다.
2. 닭은 찬물에 씻은 다음 끓는 물에 맛술 1큰술과 함께 넣고 3분 정도 데친다.
3. 데친 닭은 찬물에 헹궈 체에 받쳐 둔다.
4. 감자는 껍질을 깎아 반으로 자르고 그릇에 물 1/4컵과 함께 담아 전자레인지에 3분 정도 돌린다.
5. 양파는 두툼하게 채 썰고 고추는 어슷썰기 하고 대파는 세로로 한 번, 가로로 한 번 자른다.
6. 뚝배기에 데친 닭과 양념, 감자, 물 2.5컵을 넣고 강불에 끓인다.
7. 팔팔 끓어오르면 중불로 줄이고 양파, 대파, 고추를 넣어 국물이 줄어들 때까지 끓인다.

바지락술찜

나는 (뭔들 싫어하겠느냐만) 조개를 참 좋아한다. 조개
류는 이미 적당한 짠맛과 감칠맛을 품고 있어 아무
런 양념을 하지 않고 그냥 찌거나 굽거나 끓여도 맛
있다.

조개가 먹고 싶은 날에는 집 근처 농수산물시장으로
가서 킬로그램 단위로 사오곤 한다. 해감한 뒤에 찌
기만 하면 조개찜 완성. 물을 넉넉히 부은 다음 대파
와 청양고추를 팍팍 넣고 끓이면 조개탕 완성. 거기
에 칼국수만 넣어도 든든한 한 끼가 되고, 된장과 채
소를 넣어 바글바글 끓이면 된장찌개가 된다. 세상
에 이렇게 기특한 식재료가 있다니!

바지락은 조개 중에서도 저렴하고 활용도가 높은 녀
석이다. 조금 색다르게 먹고 싶은 날이나 얼른 해치
워야 하는 화이트와인이 있을 때는 바지락술찜을 만
든다. 요렇게만 먹어도 맛있지만 팔팔 끓는 물에 소
금 넣고 파스타 면을 삶아서 바지락술찜에 볶아 주
면 그게 또 일품이다.

바지락 500그램에서 나오는 바지락 살은 다 합쳐 봤
자 몇 숟가락 되지도 않는다. 어떤 요리든 마무리는
탄수화물로 해야 식사다운 식사라고 할 수 있지 않
은가. 탄수화물이 없다면 그것은 간식이나 안주일

뿐. 올리브오일과 화이트와인이 들어갔으니 볶음밥 대신 파스타로 유종의 미를 거둬 보자.

재료(2인 분량)

바지락 500그램, 소금 2큰술, 대파(흰 부분, 10센티) 1대, 다진 마늘 1큰술, 페페론치노 4~5개, 올리브오일 2큰술, 화이트와인 1컵, 버터 1큰술, 파슬리가루(생략 가능) 약간

1. 볼에 바지락을 넣고 바지락이 잠길 만큼의 물과 소금을 넣은 다음 검은 비닐을 씌우거나 어두운 곳에 30분 정도 둔다.
2. 대파는 세로로 한 번, 가로로 한 번 자른다.
3. 뚝배기에 올리브오일, 다진 마늘, 대파, 페페로치노를 넣고 볶는다.
4. 마늘 익는 냄새가 나면 해감해 둔 바지락을 넣어 볶는다.
5. 바지락이 입을 열기 시작하면 화이트와인과 버터를 넣는다.
6. 중불에 끓이다가 국물이 끓어오르면 불을 끄고 파슬리가루를 뿌린다.

홍합토마토스튜

집에 손님이 왔을 때 홍합토마토스튜를 대접하면 열이면 열 모두 잘 먹고, 그중 다섯은 레시피를 물어본다. 시판 토마토소스의 위력인 것 같기는 하지만, 아무튼 맛도 있고 비주얼도 훌륭하니 특별한 날에 해 먹기 무척 좋은 요리다.

이 요리에 복병이 있다면 바로 홍합 손질이다. 홍합은 그냥 문질러 씻는 게 아니라 '족사'라고 하는 것을 잡아서 뜯어내야 한다. 족사는 홍합에서 나온 실 같은 것인데, 질긴 지푸라기처럼 생겼다. 족사의 역할은 홍합이 바위나 돌의 표면에서 떨어지지 않도록 잡아 주는 것이다.

예전에 홍합 2킬로그램의 껍데기를 솔로 문지르고 족사를 일일이 손으로 잡아 뜯다가 나도 모르게 욕을 했다. 이것도 요령이 생기면 덜 고생스러운데(고생스럽지 않다고는 안 했다), 홍합의 뾰족한 쪽으로 당겨서 뜯으면 좀 더 쉽게 빠진다.

홍합 손질이 끝나면 홍합토마토스튜의 절반 이상을 해냈다고 할 수 있다. 바지락술찜처럼 이 요리에도 삶은 파스타를 넣어 볶으면 맛있다. 홍합을 먹는 동안 파스타를 삶았다가 남은 스튜에 볶아서 먹어 보자. 다시 한 번 말하지만 인생의 즐거움은 역시 탄수화물 섭취에 있다.

재료(2~3인 분량)

홍합 1킬로그램, 방울토마토 10개, 양파 1/2개, 올리브오일 3큰
술, 다진 마늘 2큰술, 페페론치노 5~6개, 화이트와인 1/2컵, 토
마토소스 1컵, 물 1컵, 파슬리가루(생략 가능) 약간

1. 홍합은 흐르는 물에 껍데기를 비벼 닦고 이물질(족사)을 제거
   한다.
2. 방울토마토는 반으로 썰고 양파는 한입 크기보다 작게 썬다.
3. 뚝배기에 올리브오일, 다진 마늘, 양파, 페페론치노를 넣고
   볶는다.
4. 마늘 익는 냄새가 나면 손질해 둔 홍합을 넣고 볶는다.
5. 홍합이 입을 열기 시작하면 화이트와인, 토마토소스, 물, 방
   울토마토를 모두 넣는다.
6. 중불에 끓이다가 국물이 끓어오르면 불을 끄고 파슬리가루를
   뿌린다.

원적외선과 맛의 상관관계

뚝배기에도 브랜드가 있다. 브랜드와 보세의 가장 큰 차이는 가격이다. 이름 없는 업소용 뚝배기는 과자 한 봉지를 살 돈으로도 구입할 수 있지만, 요리를 좋아하는 사람들 사이에서 잘 알려진 뚝배기를 사려면 그 값의 수십 배를 지불해야 한다. 해외 유명 브랜드의 주방용품들과 비교하면 비싸다고 할 수는 없어도 분명 만만치 않은 가격이다.

브랜드 유무로 뚝배기의 질을 판단할 수는 없다. 이것저것 써 본 결과 비싼 뚝배기라고 해서 꼭 좋은 것도 아니었다. 다만 여러 제품을 사용하다 보면 자신의 취향과 습관에 딱 맞는 물건을 발견하게 되는데, 나에게도 그런 뚝배기가 있다.

내가 좋아하는 브랜드의 뚝배기는 상자부터 예사롭지 않다. 눈에 띄지 않지만 은은한 멋이 있다고 해야 할까. 뚝배기 역시 그렇다. 별다른 꾸밈도, 광택도 없다. 요란하지 않고 두툼한 모양새가 무뚝뚝하지만 속 깊은 사람 같아 마음에 든다. 낙관은 또 얼마나 멋스러운지(브랜드의 생명은 로고 아니던가)!

그 브랜드의 뚝배기를 주문하면 손바닥만 한 크기의 제품 설명서가 함께 온다. 제품 설명서에는 브랜드 이름에 담긴 뜻, 그곳만의 특별한 뚝배기 제작 방식과 그에 따른 장점, 관리법 등이 적혀 있다. 그 글에서 언급하는 장점 중 하나는 원적외선이다. 원적외선이 많이 방출되는 유약을 사용한다는 것이다.

뚝배기를 생산하거나 판매하는 곳이라면 예외 없이 원적외선을 강조한다. 찾아보니 뚝배기 외에도 돌솥, 무쇠 냄비 등 원적외선을 장점으로 내세우는 조리 도구가 많았다. 참숯에서도 원적외선이 나온다고 한다. 아예 원적외선을 방출하는 그릴이나 전기레인지를 만들어 파는 경우도 있다.

원적외선이라는 글자를 흔히 볼 수 있는 장소는 찜질방이다. 찜질방 안에는 황토나 맥반석의 효능을 적어 놓은 글이 붙어 있기 마련인데, 원적외선 얘기가 빠지지 않는다. 매트, 마사지기, 반신욕조, 침구까지 원적외선이 나와서 몸에 좋다고 광고를 한다. 그야말로 원적외선 만능설이라고 할 수 있다.

"원적외선이라는 게 진짜로 맛에 영향을 미치나?"

어느 날 나는 밥을 먹다가 이렇게 중얼거렸다(그러지 말았어야 했다). 질문이라기보다는 혼잣말에 가까웠지만, 초등학생 시절 어린이 과학동아를 즐겨 읽으며(이해할 수 없다) 정기 구독까지 했다는(정말 이해할 수 없다) 남편은 내 말을 듣자마자 원적외선에 관한 논문을 쓸 기세로 자료를 검색했다.

대강 읽어 본 자료와 티끌 수준의 지식을 바탕으로 설명하자면 원적외선이란 이런 것이다(갑작스런 전개에 당황하지 마시길. 나 같은 사람을 위한 초간단, 저난도의 두루뭉술한 설명이다).

빛은 일종의 전자기파다. 전자기파는 파장의 길이에 따라 나눌 수 있는데, 그중 가시광선(可視光線)은 말 그대로 우리가 볼 수 있는 빛이다. 가시광선의 범위를 벗어난 감마선과 엑스선, 자외선, 적외선, 그 외 각종 전파는 눈에 보이지 않는다.

가시광선도 파장의 길이에 따라 나뉜다. 햇빛을 프리즘에 통과시키는 실험은 과학 시간에 다들 해 본 적이 있을 것이다. 프리즘을 통과한 가시광선은 빨주

노초파남보의 일곱 가지 색깔로 나타난다. 파장의 길이는 빨간색에 가까울수록 길고, 보라색에 가까울수록 짧다. 보라색보다 파장이 짧은 전자기파는 자외선이다. 반대로 빨간색보다 파장이 긴 전자기파는 적외선이고, 그중에서도 파장이 긴 영역에 해당하는 전자기파가 바로 원적외선이다.

우리는 매일 태양으로부터 에너지를 받고 있다. 원적외선도 그 일부다. 한마디로 원적외선은 특정한 물질에서만 나오는 게 아니다. 그냥 햇볕만 쬐고 있어도 받을 수 있는 것이다.

지나치게 단순화한 설명이지만, 파장이 짧은 자외선은 파장이 긴 적외선에 비해 강력한 에너지를 가진다. 열을 전달하기만 하는 것이 아니라 여러 가지 화학 작용을 일으키기 때문에 인간은 끊임없이 자외선과의 사투를 벌이고 있다(우리 집에도 해마다 선크림이 몇 통씩 쌓인다).

인간의 체온은 36.5도밖에 되지 않으므로 태양처럼 자외선이나 가시광선을 내뿜지는 못한다. 하지만 적외선 정도는 방출하고 있다. 원적외선을 포함한 적외선은 스스로 열을 내는 거의 모든 물질에서 나온다.

어둠 속에서 생명체의 움직임을 감지하기 위해 적외선 카메라를 설치하는 이유도 여기에 있다.

원적외선의 효능에 대해 과학자들은 신중한 입장이다. 원적외선 또한 열에너지인 이상 혈액 순환이나 신진대사에 좋은 영향을 끼치고 여러 가지 증상을 완화하는 데 도움이 될 수는 있지만 특정 질환에 효과가 있다는 주장은 어불성설이라는 것이다.

뚝배기의 원적외선 방출 기능은 어느 정도 인정을 받는 분위기다. 천연 광물을 포함한 흙은 고온으로 구웠을 때 다른 재료들에 비해 원적외선 영역의 전자기파를 더 많이 방출한다(다만 높은 온도로 가열하지 않는 이상 그다지 의미 있는 양은 아니다). 뚝배기에 조리를 하면 원적외선 복사열이 재료의 깊은 곳까지 닿아서 맛을 끌어낸다고 한다.

나는 원적외선이라는 개념에 집착했지만, 실은 복잡하게 생각할 필요가 없다. 뚝배기는 열전도율이 낮다. 바닥만 뜨거워지는 게 아니라 뚝배기 전체가 천천히 달아오른다. 그 안에 들어 있는 음식도 겉만 익지 않고 속까지 고루 열이 전달된다. 자연히 풍미가 좋아질 수밖에 없다.

음식의 맛을 좌우하는 요소는 다양하다. 누군가는 재료의 질과 좋은 조리 도구를 꼽을 것이고, 화력이나 손맛을 떠올리는 사람도 있을 것이다. 모두 무시할 수 없는 조건이다. 하지만 내가 가장 중시하는 것은 음식을 먹는 순간이다. 그때의 기분, 함께하는 사람, 편안한 장소가 무엇보다 중요하다고 믿는다.

우울할 때는 입맛이 잘 돌지 않는다. 불편한 사람과 마주하고 있으면 산해진미 앞에서도 흥이 나지 않을 뿐더러 위장도 긴장을 하는지 당최 소화가 안 된다. 반면에 좋아하는 사람들과 식사를 할 때는 절로 식욕이 돋는다. 음식의 맛도 맛이지만 그날의 기분을 오랫동안 음미하고 싶어진다.

설령 뚝배기가 음식의 맛에 별다른 영향을 미치지 않는다고 하더라도 그리 실망스럽지는 않을 것 같다. 한없이 너그러운 미각(웬만하면 다 맛있다는 얘기다)에 비해 제법 깐깐한 시각을 가진 나로서는 음식을 한층 먹음직스럽게 해 준다는 점만으로도 뚝배기를 선택할 이유가 충분하다.

찌개가 수선스럽게 끓어대는 소리를 듣는 일, 바닥에 눌어붙은 누룽지 위에 따뜻한 보리차를 붓는 일,

봉긋하게 솟아오른 달걀찜을 바라보는 일은 나를 행복하게 만들어 준다. 모르긴 몰라도 그 행복감이 원적외선보다 음식의 맛에 더 많은 영향을 미치는 게 분명하다. 과학적인 근거는 전혀 없지만 내 생각은 앞으로도 변함이 없을 예정이다.

국물이 국룰

글을 쓰기 위해 자료를 찾다가 뚝배기 공장을 촬영한 다큐멘터리 영상을 봤다. 여섯 명이 일하는 작은 규모의 공장이었지만 보통 하루에 천 개, 많을 때는 한 달에 3만 개의 뚝배기를 생산한다고 했다. 3년 동안 그곳에서만 100만 개의 뚝배기가 만들어지는 셈이다. 이 정도면 한국인들의 뚝배기 사랑은 의심할 여지가 없다.

뚝배기를 가장 많이 사용하는 곳은 아마 국밥집일 것이다. 종류와 상관없이 국밥은 뚝배기에 담는 것이 업계의 불문율이다. 나는 돼지국밥이나 설렁탕, 해장국 같은 음식들이 뚝배기 아닌 그릇에 담겨 있는 것을 본 적이 없다. 가정집이라면 몰라도 식당에서는 상상할 수 없는 일이다.

국밥은 참 신기한 음식이다. 내가 알기로는 우리나라를 제외한 어느 곳에서도 그런 음식을 먹지 않는다. 그래서인지 몰라도 해외에 며칠 머물다 보면 자연스레 시원한 국물이 생각나고, 국물 비슷한 음식이 보일 때마다 밥을 말고 싶은 충동을 느낀다.

국물 요리는 어느 나라에나 있다. 유럽이나 북미, 아프리카 대륙에서는 주로 스튜나 수프를 먹는다. 스튜와 수프에 곁들이는 것은 빵 종류다. 아프리카에서는 푸푸라고 불리는 음식을 주식으로 먹는데, 찰떡처럼 쫄깃한 푸푸를 한입 크기로 뜯어서 국물에 찍거나 적셔 먹는다고 한다.

프랑스의 부야베스, 헝가리의 굴라시 같은 음식도 모두 스튜의 일종이다. 내 눈에는 스튜나 수프나 그게 그거지만, 굳이 나누자면 스튜는 건더기를 중심으로 걸쭉하게 국물을 내는 요리이고, 그에 비해 수프는 건더기보다 국물에 치중하는 느낌이다. 때문에 수프, 그중에서도 콩소메와 같은 맑은 수프가 우리나라의 국과 유사하다고 볼 수 있다.

쌀밥 문화권에는 국물 요리가 좀 더 다양하지만, 역시 밥을 말아서 먹는 음식은 찾아볼 수 없다. 국물에 들어가는 것은 대부분 면이다. 오래전부터 면식이 발달한 중국에서는 조리법에 따라 면 요리를 크게 여섯 가지로 나누는데, 그중 국물에 나오는 면 요리는 탕면과 외면이다. 중국의 면 요리 외에 널리 알려진 것으로는 베트남 쌀국수와 일본의 우동이 있다.

밥 메뉴는 어느 나라든 대부분 덮밥이나 볶음밥 형태다. 국물 요리가 있다고 해도 밥에 끼얹어 비벼 먹는 정도이지, 우리처럼 말아 먹지는 않는다.

일본은 우리나라와 가장 비슷한 형태로 밥과 국을 함께 즐긴다. 오차즈케라고 해서 녹차에 밥을 말아 먹기도 하지만, 역시 국밥과 같은 요리는 없다. 그러니까 애초에 밥을 말아 먹을 요량으로 만든 음식은 국밥뿐인 것이다.

한국인의 상차림은 밥과 국을 기본으로 한다. 밥과 국을 높여서 탕반(湯飯)이라고 불렀는데, 우리 민족은 탕반민족이라 할 만큼 오래전부터 뜨거운 국에 밥을 말아 먹기를 즐겼다고 한다. 옛날 사람들이 먹었던 국밥은 주로 간장이나 된장으로 간을 맞춘 장국밥이었다.

19세기 말에 발행된 요리책 『시의전서』를 보면 장국밥 레시피가 나온다. 무를 넣어 끓인 장국에 밥을 넣은 다음 나물과 산적을 얹고 고춧가루와 후춧가루를 뿌리면 완성이다. 비슷한 시기에 쓰인 『규곤요람』에는 고기를 끓인 다음 그 국물을 밥 위에 부어 먹는다고 나오는데, 전문가들의 설명으로는 책에 조리법을 실을 필요도 없을 만큼 국밥이 일상적인 음식이었을 것이라고 한다.

조선 후기로 가면서 상업이 발달하자 장국밥은 대표적인 외식 메뉴가 되었다. 장사꾼들은 주막에 짐을 풀고 국밥을 사 먹었다. 뜨끈뜨끈한 데다 한 그릇 후딱 해치우기 좋은 국밥은 전국의 장터를 떠돌아다니는 그들에게 딱 맞는 음식이었다.

설렁탕도 장국밥의 일종이다. 고려 시대에도 먹었을 것으로 예상되는 설렁탕은 그 유래가 비교적 널리 알려져 있다.

나라님들은 봄이 되면 선농단이라는 제단에서 풍년을 기원하는 제사를 지냈다. 제사가 끝나면 백성들 앞에서 직접 소를 몰아 밭을 갈고 씨를 뿌리는 등 직접 농사를 지어 보였는데, 이를 친경이라고 한다. 이 행사가 끝나면 소뼈와 고기를 푹 고아서 만든 선농탕을 나눠 먹었다.

선농탕을 먹는 관습은 세종대왕 시절에 처음 생겼

다. 한번은 세종대왕이 친경을 하던 중에 비가 심하게 와서 걸음을 옮기지 못할 정도였다고 한다. 마침 허기까지 몰려오자 세종대왕은 친경할 때 썼던 소를 잡아서 끓이라고 명했다(세종대왕은 육식 마니아로 유명한데, 과연 명성에 걸맞은 그분다운 결단이다). 그 뒤로 매해 선농제마다 선농탕을 끓여 백성들에게 주었고, 그 음식이 지금의 설렁탕이 되었다.

설렁탕을 끓이면 선농단 인근의 농가에서 쓰는 뚝배기를 가져와 담았다고 한다. 당시에도 국밥과 뚝배기는 자연스럽고 당연한 조합이었던 것이다.

뚝배기에 담긴 국밥은 한국적이고 서민적이다. 반찬은 김치나 깍두기 하나면 족하다. 안에 어떤 재료가 들어가느냐에 따라 천차만별이지만, 우거지국밥이나 선지해장국은 분식집 라면과 비등한 가격이다. 그럼에도 먹고 나면 헛헛하지 않다. 양도 그렇지만 영양면에서도 가성비가 높기 때문에 일이 바쁘고 고되면서 주머니 사정이 넉넉하지 않은 사람들에게는 훌륭한 한 끼가 된다.

그래서 정치인들은 선거철마다 재래시장의 허름한 국밥집에 간다. 표심을 얻기 위해 벌이는 뻔하고 뻔뻔한 수작 중 하나지만, 미간과 콧등을 힘껏 찡그리며 뜨거운 국물을 떠먹는 그 모습을 보고 있자면 그래, 국민은 아니더라도 국밥에 대해서만큼은 진심일 거야, 하는 생각이 든다.

국밥은 도저히 점잖게 먹을 수 없다. 뜨거운 국물을 마실 때는 안면 근육들이 호들갑을 떨면서 얼굴 여기저기에 주름을 그린다. 그럼에도 뚝배기를 포기할 수는 없다. 국밥이 짜장면이나 짬뽕을 담는 플라스틱 그릇에 담겨 있다고 생각하면 어색하기 짝이 없다. 뜨거운 음식을 즐기는 한국 고유의 식문화는 음식의 온기를 오래도록 품어 주는 뚝배기와 함께 발전해 왔다.

국밥집에서는 뚝배기에 밥과 국을 담아 준다. 그냥 담기만 하는 것이 아니라 '토렴'이라는 과정을 거친다. 토렴은 찬밥에 국물을 부었다가 따라냈다가 다시 부어내는 작업인데 그렇게 하면 밥알이 적당히 불고 국물 맛이 골고루 배어서 더 맛있어진다.

본래 토렴은 뜨거운 국으로 밥을 데우기 위한 방법이었다. 집에서야 그럴 필요가 없지만, 장사를 하는 가게는 손님을 맞기 전에 밥을 많이 지어 둬야 한다. 보온밥솥이 없던 시절 미리 지어 둔 밥은 시간이 지날

수록 식을 수밖에 없었고, 따라서 손님이 오면 따뜻한 국밥을 내어주기 위해 토렴 작업을 했다.

바로 뜨거운 밥을 내갈 수 있는 요즘은 토렴을 생략하는 식당이 많은 것 같다. 밥은 밥대로, 국물은 국물대로 뚝배기에 담겨 나온다. 밥과 국을 따로 내는 게 더 번거로울 수도 있지만, 나는 토렴이야말로 정성이 깃든 과정이라고 생각한다. 요즘은 원래 의도와 반대로 지나치게 뜨거운 국밥을 적당히 식히기 위해 토렴을 하기도 하는데, 어느 쪽이든 먹는 사람을 배려하는 마음이 느껴진달까.

예쁜 그릇이 쏟아져 나오는 요즘에도 뚝배기가 이토록 많이 팔리는 이유는 우리가 음식의 온도에 유달리 의미를 부여하기 때문이다. 모두 고만고만하게 가난했던 시절 따뜻한 밥과 국은 사랑과 정성, 예의를 표현하는 최선의 방법이었다. 세상은 많이 변했지만 찬밥과 식은 국은 여전히 사람을 서글프게 한다.

커피는 '얼죽아(얼어 죽어도 아이스)'를 외치는 사람이 많지만 국밥은 쪄 죽어도 뜨거운 것이 옳다. 국밥을 먹을 때는 부글부글 끓는 국물을 숟가락으로 저으며 기회를 엿보다가 도저히 못 참겠다 싶을 때 약간의 밥과 함께 떠내야 한다. 숟가락 위의 국물을 떨어뜨리지 않으면서도 최대한 빨리 식힐 수 있는 적당한 세기로 입김을 후후 분 다음 입천장이 벗겨질 각오로 들이마신다. 살짝 입술을 달싹거리면서 입안에 차오른 뜨거운 김을 빼 주며 조심스레 국물을 삼킨다. 마지막으로, 손발까지 구석구석 퍼져 가는 따스한 기운을 느낀다.

그 순간, 굳어 있던 몸이 녹아내리고 지친 마음은 위안을 얻는다. 이 글을 읽을 수 있는 사람이라면 그 기분을 이해할 것이다. 한국인에게 국물은 국룰이고, 국밥은 국법이다.

뚝배기의 최후

　가끔씩 창고형 할인점에 간다. 북미 대륙의 스케일은 압도적이다. 무엇이든 크고, 무엇이든 많다. 플렉스 문화의 본고장이 국적인 매장답게 풍요를 과시하는 것 같다.

　아득할 만큼 높은 천장 아래에는 각양각색의 물건들이 이제 막 항구에 도착한 모양새로 쌓여 있다. 심미적 요소는 전혀 고려하지 않은 진열 방식이다. 가성비와 편의성 말고는 아무것도 신경 쓸 필요가 없다는 듯 "이게 우리 스타일이야." 하면서 어깨를 으쓱하는 모습이 떠오른다. 인테리어 때문인지 가득 들어찬 물건에도 불구하고 매장 안은 항상 썰렁한 기운이 돈다.

　그들의 철학이 마음에 들지 않을 때는 회원권 갱신을 포기하면 그만이다. 하지만 나는 매년 호구가 되길 자처하고, 그 거대한 규모에 살짝 주눅이 든 채로 카트를 밀며 차고 넘치도록 쇼핑을 한다.

그곳엔 평생 써도 될 것 같은 대용량 양념과 무시무시하다고 할 만한 고깃덩어리, 쳐다보고 있기만 해도 살찔 것 같은 케이크가 있다. 그런 것들을 구경하다 보면 엄마가 장을 볼 때마다 하는 말이 떠오른다.

"이 많은 걸 누가 다 먹는다니."

정말이지 그 음식들은 누가 다 먹는 걸까. 결국 팔리지 못한 음식들은 대체 어디로 가는 걸까. 마지막 떨이 세일 광고를 볼 때마다 나는 끝내 선택받지 못한 음식들의 최후가 궁금해진다. 과정은 자세히 알 수 없지만 아마도 폐기되는 것이 보통의 수순일 것이다.

팔리지 못한 책들의 최후라면 잘 알고 있다. 출판사에 다니던 시절, 폐기 도서를 정리하는 데 동원된 적이 있기 때문이다.

회사에서는 각 팀의 막내를 차출해 파주에 있는 물류창고로 보냈다. 가을에서 겨울로 넘어가는 중이었는지 겨울에서 봄으로 넘어가는 중이었는지 잘 기억나지 않지만, 아무튼 바람이 쌀쌀하다 못해 으슬으슬한 날이었다.

어둠이 채 가시지 않은 이른 시간, 막내들은 인력시장의 일꾼들처럼 조별로 배정된 차에 올라 파주로 향했다. 파주는 서울보다 더 추웠다. 창고형 할인점과 꼭 닮은 물류창고에는 철제 앵글이 줄지어 서 있었다. 앵글마다 책들이 가득했다.

본격적인 작업은 오후가 되어서야 시작됐다. 우리가 해야 할 일은 폐기가 결정된 책들을 한곳에 모으는 것이었다. 나도 앵글 하나를 맡아 폐기할 책들을 꺼내 옮겼다.

치즈나 시리얼처럼 비닐째 쌓여 있는 신간들과 달리 구간들은 한눈에 봐도 오래 묵었음을 알 수 있었다. 별도 들지 않는 창고에서 그것들은 세월에 색이 바랬다. 발주와 입고, 출고가 반복되는 동안에도 결국 그곳을 떠나지 못한 재고 도서들. 철이 한참 지난 베스트셀러도 있었고, 여전히 팔리고 있으나 파손을 이유로 반품된 책도 있었다. 제목이 생소한 책들, 사람들의 관심을 받아보지 못한 책들은 그보다 훨씬 더 많았다. 창고에 들어온 이후로 한 번도 바깥에 나가 본 적이 없는 책들이 수두룩했다. 먼지와 함께 창고 안을 부유하던 낡은 종이 냄새는 그날과 오늘날 책이 처한 운명처럼 서글펐다.

나는 산더미 같은 책 더미 사이에서 읽을 만한 책

을 몇 권 골라냈다. 수천 권의 재고는 곧 파쇄될 예정이었다. 그 앞에 서 있자니 어쩔 수 없이 나무에게 미안한 마음이 들었다(이 글을 쓰고 있는 지금도 그렇다). 출판사로서는 불가피한 선택이었다. 책을 보관하는 것만으로도 매달 비용이 발생했다. 폐기하는 데도 돈이 들지만 그 편이 나았다.

폐지가 되면 책은 그것을 제작할 때와는 비교할 수 없는 값이 된다. 약품 처리와 초지, 탈수 및 건조 과정을 거쳐 다시 종이로 탄생할 수 있다는 점에서 책의 최후는 그나마 아름다운지 모른다.

쓸모를 다하지 못한 채 버려지는 것들을 보면 마음 한구석이 불편해진다. 음식의 최후가 안타깝게 느껴지는 것도 같은 이유다.

멀쩡한 식자재의 절반 가까운 양이 버려지고 있다는 기사를 읽은 적이 있다. 식품에 소비 기한을 함께 표기하는 미국과 일본, 유럽의 상당수 국가와 달리 우리나라는 유통 기한만 표기한다. 소비 기한이 한참 남아 있는 식품들은 단지 유통 기한이 지났다는 이유로 모두 폐기 처분된다. 한국식품공업협회에 따르면 유통 기한 때문에 발생하는 손실액과 폐기 비용이 연간

1조에 달한다고 한다. 유통 기한 단일 체계에 대한 정부나 기업의 입장은 완고하다. 혹시나 생길 수 있는 안전사고와 그에 따른 책임 부담 때문이다.

식품 폐기물 문제는 필연적으로 환경 문제와 연결된다. 살림을 하다 보니 환경 문제를 외면하려야 할 수가 없다. 우리 집에서 나오는 음식물 쓰레기와 비닐, 플라스틱만 해도 엄청난 양이다. 다른 나라는 차치하고 대한민국 가구 수만 떠올려도 정신이 아득해진다.

환경을 훼손하고 있다는 죄책감이 심해져서 얼마 전부터 제로웨이스트를 실천해 보려고 애쓰는 중이다. 플라스틱 통에 든 샴푸 대신 고체 샴푸로 머리를 감고, 지퍼백은 씻어 쓰고, 유리병은 양념이나 반찬을 넣어 두는 용도로 계속해서 재사용한다. 그럼에도 쓰레기는 많이 줄어들지 않는다.

내 몸뚱이 하나를 유지하는 데 얼마나 많은 자원이 사용되고 또 버려지는지. 길지도 않은 시간을 머물면서 지구에 끼치는 민폐가 이만저만이 아니다.

집 안을 둘러보면 친환경과 거리가 먼 물건투성이다. 뚝배기는 세제를 사용하지 않는다는 점에서 친환경적이지만, 스테인리스나 종이처럼 재활용할 수는 없다. 내열유리와 사기그릇, 화분처럼 불에 타지 않는 불연성 쓰레기에 속하므로 일반 종량제 봉투가 아닌 불연성 폐기물 전용 마대에 넣어 배출해야 한다. 불연성 폐기물은 소각하지 않고 땅에 묻는다. 그 양을 줄이기 위한 방법은 단 하나, 쉽게 버리지 않는 것이다.

환경 전문가들은 착한 소비가 아닌 최소한의 소비를 권장한다. 환경보호라는 본질보다 친환경이라는 트렌드에 치중한 과시성 소비를 경계해야 한다고 말한다. 자본주의 사회에서는 환경에 대한 문제의식마저 마케팅 전략이 된다. 우리는 쓰레기를 만들지 않으려고 친환경 제품을 산다. 그러나 가지고 있는 물건을 최대한 오래 사용하는 것이야말로 가장 환경 친화적인 행동이다.

무엇이든 과감하게 버렸던 나는 쓰임을 다한 물건의 새로운 쓸모를 고민하게 되었다. 표면이 벗겨지거나 금이 간 뚝배기는 화분으로 쓴다. 모종삽과 원예용 갈퀴, 목장갑을 담아 두기도 한다.

뚝배기 바닥 안팎에 청테이프를 여러 겹 붙인 다음, 못을 대고 망치로 콩콩 두드리면 구멍을 뚫을 수 있다. 뚝배기를 너무 단단한 곳 위에 올려 두고 망치질을 하면 깨지기 쉬우니 조심해야 한다. 물구멍을 낸 뚝배기에 모양이 다른 다육식물 두세 가지를 함께 심고 화산석 몇 개를 올리면 아주 근사해진다.

구멍을 뚫는 과정이 번거롭다면 수경 재배도 좋은 방법이다. 흙에 담긴 워터코인이나 필레아페페 뿌리를 물에 살살 씻어 낸 뒤에 깨끗한 물과 함께 담아 두기만 하면 된다. 동글동글 귀여운 이파리들은 의외로 뚝배기와 잘 어울린다.

입구가 넓고 깊이가 얕은 뚝배기는 수반으로 쓰기 딱 좋다. 작은 자갈을 깔고, 무늬창포나 시페루스처럼 가늘고 긴 수생 식물, 물배추나 부레옥잠처럼 키 작은 수생 식물을 골고루 넣으면 지루하지 않고 조화롭다. 물고기 몇 마리를 함께 키울 수도 있다. 미니 연못은 관상용으로도 좋지만 실내 습도까지 조절해 준다.

중고 거래 어플로 잘 쓰지 않는 뚝배기를 판매한 적도 있다. 나에게는 필요가 없어진 물건도 다른 사람에게는 요긴할 수 있다는 당연한 사실에 새삼스러운 기쁨을 느꼈다. 내가 가진 물건의 최후를 생각하면 낡은 물건을 버리는 일에도, 새 물건을 들이는 일에도 조금 더 신중해진다.

쓰레기가 '제로'인 날은 솔직히 찾아오지 않을 것 같다. 그럼에도 작은 실천을 멈출 수는 없다. 막심 고리키의 소설 『어머니』에는 "'한 사람의 열 걸음보다 열 사람의 한 걸음을!' 이 강령으로 적을 이길 것입니다."라는 문장이 나온다. 내가 이겨 내야 할 것은 미미한 변화를 우습게 여기는 마음이다. 한 걸음이 아니라 반걸음뿐일지라도 열 사람 중의 한 명이 되어 보련다.

기꺼이, 라는 말

스스로를 똥손이라 일컫는 친구가 있다. 요리책을 자주 편집하는 나에게 몇 번인가 호소를 하기도 했던 친구다. 내용인즉슨 요리책이 너무 어렵다는 것이다. 어떤 요리든 자신의 손길이 닿으면 파국으로 치닫는다고 했다.

처음에는 무슨 말인가 싶었다. 웬만한 음식은 요리책에 나온 대로 따라하면 얼추 완성이 되기 때문이다. 주부 9단의 손맛이나 종갓집의 오랜 비법처럼 깊은 맛을 내는 것은 무리여도 사람이 먹을 만한 음식은 된다. 레시피에 오류가 있는 게 아니라면 말이다.

출판사에서 일하던 시절, 책을 보고 만든 음식이 너무 매워 고생했으니 배상하라는 식의 전화가 걸려온 적이 있다. 저자에게 따져야겠으니 연락처를 내놓으라고 길길이 날뛰기에 레시피를 확인해 봤지만 별 문제가 없었다. 아마도 그 독자가 음식을 잘못 만들었거나 개성이 강한 입맛의 소유자였던 것 같다(아니면 그냥 화풀이 대상이 필요했는지도).

요리책에 담긴 철학은 공리주의다. 최대 다수의 최대 행복을 추구하는 것이지, 모두의 입맛을 만족시킬 수는 없다. 따라서 책에 있는 레시피를 기본으로 익힌 뒤에 각자의 취향에 맞춰 수정하면 될 일이다.

요리책을 보고 음식을 했는데 맛이 이상하다는 사람들은 크게 네 가지 유형으로 나눌 수 있다.

첫 번째, 인간 저울형
재료를 정확하게 계량하기보다는 자신의 감을 믿는다. 눈대중과 손대중을 활용하며 기계에 의존하지 않는 자연 상태의 인간상을 지향한다.

두 번째, 에디슨형
강한 실험 정신으로 레시피에 창의적인 생각을 더하고 실천한다. 자신은 실패하지 않았으며 단지 요리가 맛없게 되는 수십 가지 방법을 발견했을 뿐이라고 여긴다.

세 번째, 생략형
재료를 과감히 빼거나 줄인다. 설탕을 미워하고 비

계를 쥐악시하는 건강 지상주의 형, 그냥 없어서 안 넣는다는 귀차니스트 형으로 나눌 수 있다.

네 번째, 주의산만형

이 재료를 씻다가 팬을 달구고, 저 재료를 볶다가 물을 끓인다. 본인은 멀티플레이 형이라고 생각하지만 도미노가 무너지듯 모든 과정이 연쇄 실패로 끝날 수 있다.

이런 경우, 레시피를 읽었다고는 할 수 있지만 레시피대로 했다고는 할 수 없다. 재료의 종류와 양, 조리 순서라는 게 괜히 있겠는가. 그걸 지키기 어렵다는 점은 백번 이해한다. 요리가 번거로운 사람에게 레시피란 가전제품 사용 설명서와 비슷한 것 같다. 사용 설명서를 펼쳐 놓은 채 아무 버튼이나 눌러보는 나처럼 그들 또한 레시피를 보면서도 기어코 마음대로 요리를 하는 거다.

물론 그렇게 해도 굉장한 요리가 나올 수 있다. 하지만 그런 일은 고수들의 세계에서나 가능할 뿐, 초보자에게는 좀처럼 일어나지 않는다. 리니지 게임에서 집행검 9강에 성공하는 정도의 확률이랄까(나도 잘은 모르지만 대충 희박하다는 얘기다). 응용은 언제나 기본의 다음 단계다.

안타깝게도 내 친구는 어디에도 해당되지 않는다. 레시피를 읽는 것조차 난관인데, 프라이팬은 얼마나 달궈야 하는지, 채소를 어느 정도 데치라는 건지, 국물이 자작한 게 어떤 상태인지 도통 모르겠단다. 이차방정식을 풀어야 하는 상황에 연산은커녕 숫자 세기부터 막히는 거다.

레시피에는 명확하게 설명할 수 없는 부분이 있다. 집집마다 주방 기기의 화력이 다르고 조리 도구도 제각각이므로 "3분 구운 뒤 뒤집는다" 대신 "아랫면이 노릇해질 때까지 구운 뒤 뒤집는다"라고 쓴다. 그 노릇함의 정도가 참 애매하다. 안 익은 것 같아서 놔뒀는데 순식간에 타질 않나, 뒤집었는데 익지 않아서 다시 뒤집고 또 뒤집다가 부서지질 않나… 거기다 중약불, 약강불 같은 말이 나오면 따뜻한 아이스커피를 주문받은 카페 알바생처럼 머릿속이 혼란해진다.

어떤 일이나 그러하듯 요리도 실패를 거듭하며 배우는 방법밖에는 없다. 요리를 좋아하지 않아도 자꾸 하다 보면 실력이 느는데, 좋아하면 그 속도가 훨씬 빨라진다.

나도 한때는 요리가 마음처럼 되지 않아 고민이었다. 조림 같은 반찬은 매번 태웠다. 칼국수 면에 묻은 전분을 털어내지 않고 뭉텅이로 육수에 넣어 거대한 밀가루 덩어리가 된 적도 있다. 처음 끓인 삼계탕은 총체적 난국이었다. 국물은 맹탕이고, 고기도 안 익고, 찹쌀은 생으로 씹혔다. 몇 번이나 다시 끓이느라 밤 10시가 넘어서 저녁을 먹었던 기억이 난다.

사 먹는다고 해도 손가락질할 사람이 없었지만 나는 꾸준히 요리를 했다. 누가 강요했다거나 의무로 주어졌다면 절대 그렇게 하지 못했을 거다. 그저 좋아서 했다. 성적이 조금씩 올라가면 시키지 않아도 스스로 신이 나서 공부를 하게 되는 것처럼 요리에도 점점 재미가 붙었다.

"너는 귀찮지도 않니?"

햄버거 패티를 만들고, 채소 장아찌를 담그고, 머랭쿠키를 굽는 나에게 엄마는 매번 같은 말을 했다. 엄마야말로 콩물을 만들고, 도토리묵을 쑤고, 만두를 빚으니 그런 엄마를 닮은 것 같기도 하다.

뚝배기도 마찬가지다. 어떤 사람들은 뚝배기를 쓰

는 게 번거롭지 않느냐고 묻는다. 따져 보면 분명 그렇다.

흙으로 빚어 고온에서 구운 뚝배기에는 보이지 않는 수많은 구멍들이 있다. 음식이 쉽게 상하지 않고 발효가 잘되는 것도, 온기가 오래 유지되는 것도 공기가 드나드는 구멍들 덕분이다. 뚝배기의 두툼한 벽과 바닥이 공기주머니를 품고 있는 것이다.

이 기공은 동전의 양면과 같아서 뚝배기의 단점이 되기도 한다. 음식물이 그 안으로 스며들기 때문이다. 특히 찌개나 전골을 만들고 오래 담아 두면 뚝배기에 염분이 스며들었다가 다른 음식을 조리하는 중에 배어나와 음식 맛이 달라질 수 있다. 뚝배기 표면으로 하얗게 소금결정이 맺히기도 하고, 물기와 섞여 송골송골 빠져나오기도 한다. 세제도 흡수하기 때문에 물로만 닦거나 천연세제를 사용하는 게 좋다.

지금은 습관이 되었지만, 처음에는 뚝배기를 관리하는 일이 너무 복잡했다. 식사를 마친 뒤에 바로 닦는 것도, 설거지 후에 잘 말려야 하는 것도 귀찮았다. 물기가 남은 상태로 보관하면 냄새가 나거나 곰팡이가 생길 수도 있으니 대충 둘 수가 없었다. 뚝배기용

수세미를 따로 두고 일일이 손으로 씻어야 하는 데다가 무게도 만만치 않아서 손목에 무리가 가기도 했다.

세제가 들어가면 빈 뚝배기에 물을 담아 한두 번 끓여 내고 새 뚝배기를 길들일 때처럼 쌀뜨물을 끓여 다시 코팅을 했다. 가끔은 물에 사과껍질이나 귤껍질, 찻잎을 넣어 끓이기도 했는데, 뚝배기에 밴 냄새를 제거하기 위한 방법이었다.

번거로운 게 사실이지만 나는 여전히, 그리고 더 열심히 뚝배기를 쓰고 있다. 뚝배기를 닦고, 말리고, 정리할 때면 까다로운 물건을 능숙하게 다룰 수 있게 되었다는 사실에 묘한 성취감을 느낀다. 거기에 들어가는 돈과 시간과 에너지가 그리 아깝지 않다. 그 번거로움을 기꺼이 감수할 만큼 뚝배기를 좋아한다.

기꺼이, 라는 말이 붙으면 낭비는 낭비 아닌 것이 되고, 고생은 고생 아닌 것이 된다. 오히려 기쁨과 보람이 되기도 한다. 반대로, 기껍지 않다면 모든 과정이 괴로워진다.

요리에는 도통 흥미가 없다는 사람에게 말해 주고 싶다. 즐길 수 없으면 최대한 피하고, 피할 수 없으면 적당히 타협하라고. 요리를 잘하기 위해서는 요리를 좋아하면 되지만, 누구나 요리를 좋아하거나 잘해야 하는 것은 아니다. 집밥에 대한 로망 때문에 자신이나 타인의 희생을 당연시하고 심지어 폄하하는 경우를 종종 보았기에 하는 말이다.

요리책과 달리 현실에서는 공리주의가 정답이라고 할 수 없다. 나는 다수의 행복을 위해 누군가가 괴롭지 않았으면 좋겠다. 지나치게 이상적인 소망일지언정 누구든 기꺼운 삶을 누리기를 바란다.

언제나 핵심은 행복이다. 집밥이든 배달 음식이든 혼자든 함께든, 재료를 준비해 손질하고 조리한 이의 노고에 감사하는 마음으로 먹고 음미하며 좋은 시간을 보내는 것. 그게 행복 아닐까.

내 친구는 레시피 독해를 그만두었다. 요리와 부엌살림만큼은 자기보다 소질이 있는 남편에게 맡기고 일절 관여하지 않는다. 두 사람은 물론이고 아이들까지 만족한다고 하니 가족 모두가 행복해진 셈이다. 정말 기분 좋은 결말이다.

뚝배기 관리법

길들이기

뚝배기 구입 후 가장 먼저 해야 할 일이다. 모래 성분이 있는 흙으로 만든 뚝배기에는 미세한 구멍이 있어서 그곳으로 음식물이 스며든다. 따라서 전분으로 그 구멍을 메워 줘야 자연막이 형성되는데, 그 과정을 길들인다고 표현한다.

뚝배기를 길들이는 과정 없이 바로 국이나 찌개를 끓이면 겉으로 소금기가 빠져나온다. 구멍마다 몽글몽글 거품이 맺히듯 해서 소금꽃이 핀다고도 한다. 이런 단점을 최소화한 제품들도 있지만 전통 방식으로 만든 뚝배기라면 꼭 길을 들인 뒤에 사용하자.

방법은 크게 세 가지가 있다. 쌀뜨물 대신 밀가루를 풀어 뿌옇게 만든 물을 사용해도 괜찮다.

첫 번째 방법

1. 커다란 냄비에 뚝배기를 넣고 뚝배기가 잠길 만큼 쌀뜨물을 붓는다.
2. 중불로 20분 정도 끓이고 충분히 식힌 다음 미온수로 헹군다.
3. 물기를 닦고 아주 약한 불에 잠시 올리거나 바람이 잘 통하는 곳에서 말린다.
4. 키친타월이나 마른 행주에 식용유를 조금 묻혀 뚝배기 안쪽을 닦는다.

두 번째 방법

1. 뚝배기에 쌀뜨물을 담아서 중불에 바글바글 끓인 다음 충분히 식힌다.
2. 미온수로 헹군 다음 첫 번째 방법의 3~4번 과정대로 한다.

세 번째 방법

1. 뚝배기를 미온수로 씻는다.
2. 쌀을 불려서 뚝배기에 넣고 밥을 짓거나 죽을 끓인다.
3. 다 된 밥이나 죽을 덜어 내고 미온수로 헹군다.
4. 첫 번째 방법의 3~4번 과정대로 한다.

세척하기

손이나 부드러운 스펀지를 이용해서 미온수에 닦는다. 세제는 사용하면 안 된다. 미세한 구멍으로 스며든 세제가 음식을 넣어 조리할 때 다시 새어나오기 때문이다. 무엇이든 오래 담아 두면 흡수하기 때문에 조리나 식사가 끝난 뒤에는 뚝배기를 빨리 비워내고 음식물이 굳기 전에 바로 씻어 내야 한다. 물에 담가 두더라도 30분이 넘지 않도록 하는 편이 좋다. 주의해야 할 점은 물의 온도다. 뚝배기는 갑작스러운 온도 변화에 약하기 때문에 뜨거운 상태에서 차가운 물을 붓거나 냉장고에 넣어 놨다가 바로 불에 올렸다가는 금이 가거나 깨지기 쉽다.

• 소금꽃이 피었을 때

소금기 있는 음식물이 흡수된 경우다. 물을 담아 서너 번 반복해서 끓여야 한다.

• 실수로 세제를 사용했을 때

소금꽃이 피었을 때와 마찬가지로 물을 담아 서너 번 끓여 내서 세제 성분이 빠져나오도록 한다.

• 음식물이 바닥에 눌어붙었을 때

뚝배기에는 철수세미를 사용하지 않는 게 좋다. 물을 담아 끓이다가 베이킹소다를 1~2큰술 넣고 중불에 충분히 끓인 다음 닦아야 한다. 식초를 넣어 함께 끓여도 좋다.

• 타거나 그을음이 생겼을 때

뚝배기를 물에 30분 정도 담가 불린다. 베이킹소다에 물을 약간 섞어서 치약처럼 되직하게 만든 다음 그을음이 있는 곳에 묻힌다. 솔이나 마른 행주로 닦아 낸 다음 미온수로 헹군다.

• 뚝배기에서 냄새가 날 때

뚝배기에 넉넉히 물을 붓고 식초, 귤이나 레몬 껍질, 찻잎 중 하나를 넣은 다음 보글보글 끓인다. 물을 따라내고 뚝배기를 아주 약한 불에 살짝 달구거나 바람이 잘 통하는 곳에서 말린다.

보관하기

뚝배기는 세척 후에 항상 건조해야 한다. 온도와 습
도가 높은 곳은 세균이 번식하기 쉬우므로 피하고,
통풍이 잘되는 곳에 보관한다. 곰팡이가 슬면 깨끗
하게 닦아 낸 후에 쌀뜨물 등으로 다시 길들이는 과
정을 거치고 햇볕에 잘 말려서 사용한다.

참고문헌 및 사이트

『밥상을 차리다』, 주영하, 보림, 2013

『음식 고전』, 한복려, 한복진, 이소영, 현암사, 2016

『우리 음식 백가지 1』, 한복진, 현암사, 1998

『조선무쌍신식요리제법』, 이용기, 라이스트리, 2019

『제정집』, 한복진, 이달충, 안세현 외 2명 옮김, 한국고전번역원, 2014

『과학이라는 헛소리 1』, 박재용, Mid, 2018

『과학이라는 헛소리 2』, 박재용, Mid, 2019

사이언스올(https://www.scienceall.com)

동아사이언스(dongascience.donga.com)

뚝배기, 이 좋은 걸 이제 알았다니
콜팩트 에세이 Vol.2

1쇄 인쇄 2021년 8월 5일
1쇄 발행 2021년 8월 12일

지은이 서주희

발행인 김지아
표지 및 본문 디자인 김아름

펴낸곳 구픽
출판등록 2015년 7월 1일 제2015-27호
주소 서울시 광진구 동일로 459, 1102호
전화 02-491-0121
팩스 02-6919-1351
이메일 guzma@naver.com
홈페이지 www.gufic.co.kr

ISBN 979-11-87886-68-6 03810